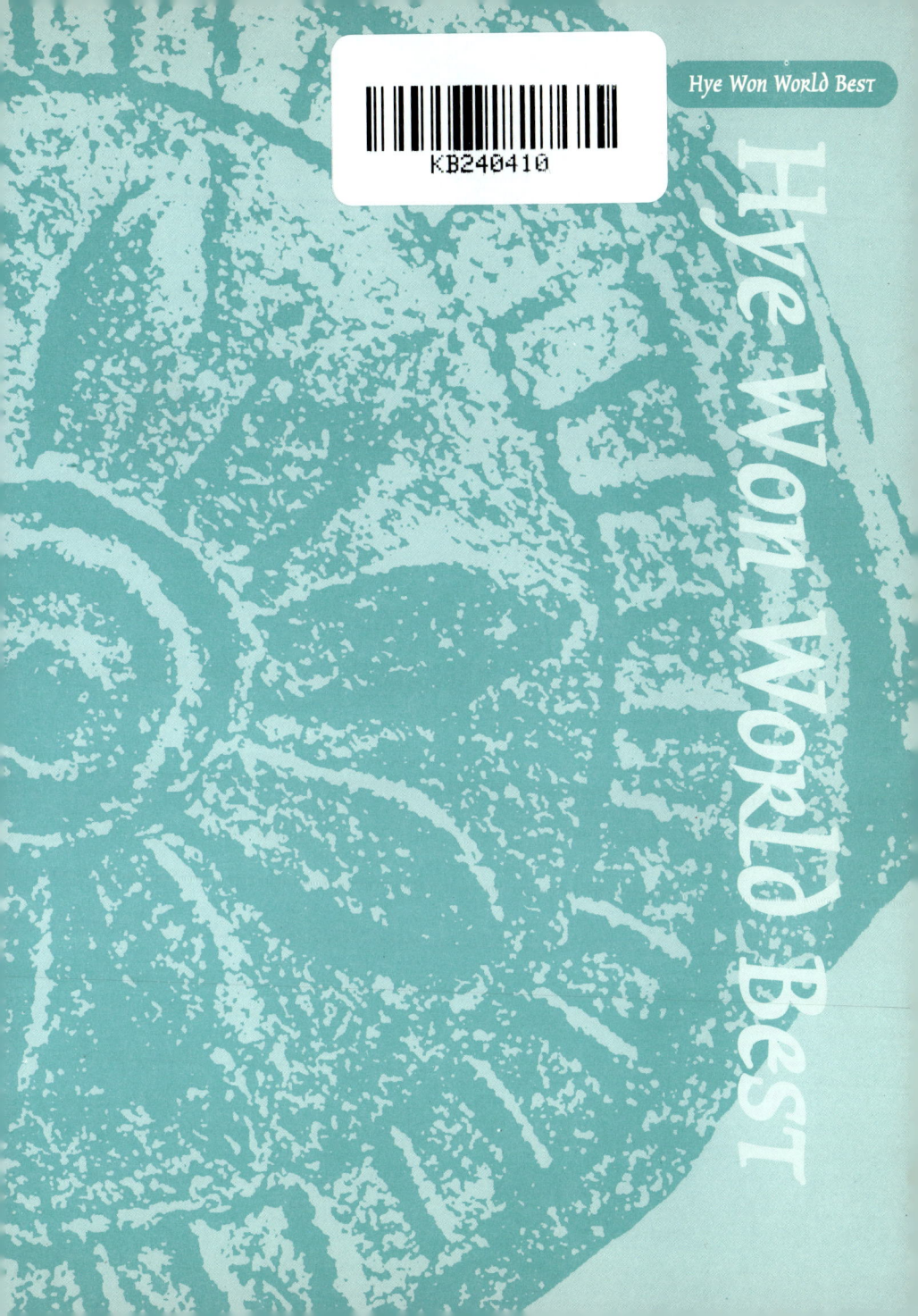

Hye Won World Best

Romeo and Juliet

로미오와 줄리엣

셰익스피어 지음
권응호 옮김

惠園出版社

로미오! 왜 당신은 로미오이신가요?
아버지와 관계없고, 그 이름이 아니라고 말씀하세요.
그렇게 못 하신다면 저를 사랑한다고 맹세만이라도 해 주세요.
그러면 저는 캐풀릿이라는 성을 버리겠어요.

로 · 미 · 오 · 와 · 줄 · 리 · 엣

... 차 례

제 1 막

프롤로그

프롤로그 담당자 등장.

프롤로그 담당자 양쪽 모두 세도 있는 두 집안이 아름다운 베로나를 무대로 하여 오랜 원한 때문에 또 싸움을 벌여 평화로운 시민의 피를 흘리게 합니다. 이 숙명적인 두 원수의 집안에서 한 쌍의 불행한 연인이 태어납니다. 그 사랑의 슬프고 불운한 파멸은 죽음으로써 두 집안 부모들의 갈등을 매장합니다. 죽음으로 끝나는 그들의 슬픈 이야기와 자식들이 죽고서야 풀어진 두 집안 부모들의 끈질긴 불화, 이것이 앞으로 두어 시간 상연됩니다. 여러분이 참고 보아 주신다면 모자라는 점은 배우들이 노력해서 채울 것입니다. (퇴장)

제1장 베로나 광장

캐풀릿 집안의 하인 샘슨과 그레고리가 칼과 방패를 들고 등장.

샘 슨 이봐, 그레고리, 더 이상 못 참겠어.

그레고리 그래, 못 참겠으면 석탄 짐이나 날라 먹어야지.

샘 슨 아냐. 화가 나면 칼을 뽑겠단 말일세.

그레고리 웬걸, 자네가 어디 그렇게 쉽사리 화가 나야 말이지. 살아 있는 동안 자네 모가지나 뽑히지 않도록 조심하게.

샘 슨 아냐. 몬터규네 강아지새끼만 봐도 화가 나는걸.

그레고리 화가 나면 법석을 떨게 되고, 기운이 나면 버티게 마련이야. 그러니까 자네는 화가 나면 법석을 떨고 뺑소니칠밖에!

샘 슨 그 집 강아지만 봐도 화가 나서 못 견디겠다니까. 몬터규네 것들이라면 아무나 할 것 없이 길 가운데 진창으로 밀어내고, 나는 담쪽 좋은 길을 차지할 테야.

그레고리 그건 자네가 약하다는 증거지. 가장 약한 자가 담쪽으로 가거든.

샘 슨 옳아, 그래서 약한 여자는 담쪽으로 밀려나게 마련이로군. 그럼 난 몬터규네 녀석들은 담에서 밀어내고 여자들은 담쪽으로 밀어붙이겠네.

그레고리 싸움은 주인과 우리네 하인들끼리, 즉 남자끼리 하는 싸움이 아니던가.

샘 슨 마찬가지일세. 난 실컷 포악 좀 부리겠어. 녀석들하고 싸움이

끝나면 여자들도 맛 좀 보여줘야지——그것들의 급소를 찔러 놓고
말 테다.

그레고리 여자들의 급소를?

샘 슨 암, 그것들의 급소, 처녀들의 거기 말야. 자네 맘대로 생각하
게나.

그레고리 그렇다면 아픈 맛을 톡톡히 보겠군그래.

샘 슨 내가 버티고 서는데 그것들이 아프지 않고 배기나. 이래봬도
내 물건은 굉장하거든.

그레고리 생선이 아닌 게 다행이군. 생선이었더라면 기껏해야 간대
구였을 테니까. 자, 칼을 뽑게. 저기 몬터규 것들이 오네.

몬터규네 하인 에이브러험과 또 한 명의 하인 등장.

샘 슨 자, 칼을 뽑았네. 시비를 걸어. 내가 거들 테니.

그레고리 흥, 뒤로 도망치려고?

샘 슨 내 걱정은 마라.

그레고리 천만에. 자네 걱정까지 해 줄 틈이 어디 있나?

샘 슨 우리끼리 싸우지는 말도록 하세. 시비를 걸어오게 유도하게.

그레고리 그럼 내가 저 녀석들 옆을 지나가면서 얼굴을 찡그리겠어.
어떻게 생각하든 마음대로 하라지.

샘 슨 아냐, 그건 저 녀석들 배짱 나름이야. 난 엄지손가락을 씹어서
녀석들에게 모욕을 줘야지. 그래도 가만 있는다면 녀석들의 체면
문제니까.

에이브러험 여보, 왜 우릴 보고 손가락을 씹는 거요?

샘　슨 난 내 손가락을 씹고 있을 뿐이오.

에이브러험 아니, 우리를 보고 손가락을 씹는 게 아니오?

샘　슨 (그레고리에게) 그렇다고 말해 줘도 별탈 없을까?

그레고리 안 돼.

샘　슨 천만에요. 난 당신을 보고 씹은 게 아니고 그저 내 손가락을 씹었을 뿐이오.

그레고리 당신, 시비 거는 거요?

에이브러험 시비라고요? 천만에 말씀.

샘　슨 해 볼 테면 해 봐. 나도 당신네만큼 훌륭한 주인을 섬기는 사람이니까.

에이브러험 우리만 못할걸.

샘　슨 글쎄.

벤볼리오 등장.

그레고리 (샘슨에게) 더 훌륭하시다고 그래. 마침 주인 한 분이 오신다.

샘　슨 암, 더 훌륭하고말고.

에이브러험 거짓말하지 마라!

샘　슨 대장부라면 칼을 빼 보시지. 그레고리, 자네의 날랜 말솜씨 좀 부탁하네. (서로 싸운다.)

벤볼리오 갈라서라. 바보 같은 녀석들! 거두어라. 무슨 짓을 하는지 모르겠구나!

티볼트 등장.

티볼트 아니, 이 비겁한 녀석이 하인 녀석들 틈에 끼여 칼을 빼들고 있어? 벤볼리오, 돌아서라. 내가 너를 상대해 주마.
벤볼리오 난 싸움을 말리고 있었을 뿐이다. 칼을 거두어라. 아니면 그 칼로 나와 같이 이들을 뜯어말리든지.
티볼트 뭐 칼을 빼들고 싸움을 말려? 지옥으로 떨어질 밉살스러운 몬터규네 족속들아! 자, 칼을 받아라. 이 비겁한 놈아!

이들 싸운다. 두 집안 사람 몇몇 등장하여 싸움에 가담한다. 이어 몽둥이를 쥔 시민들 등장.

시 민 몽둥이다. 단창이다. 도끼다! 놈들을 때려 눕혀라. 캐퓰릿네 놈들도 때려눕히고 몬터규네 놈들도 때려눕혀라!

실내복 바람으로 캐퓰릿 영감이 부인과 함께 등장.

캐퓰릿 이게 웬 소동이냐? 내 상검을 이리 디오. 어서!
캐퓰릿 부인 지팡이 말이에요, 목발 말이에요? 칼은 또 왜 찾으세요?
캐퓰릿 칼을 달라니까! 늙은 몬터규 놈이 나 보란 듯이 칼을 휘두르며 오고 있잖소.

몬터규 영감과 그의 부인 등장.

몬터규 이 악당 캐퓰릿 놈아! 이것 놔요, 잡지 말아요.

몬터규 부인 싸우시겠다면 한 발자국도 못 떼게 붙들겠어요.

영주 에스컬러스가 부하를 거느리고 등장.

영 주 치안을 어지럽히는 불온한 것들! 흉악한 분노의 불을 너희 핏줄에서 흐르는 붉은 피로 끄겠단 말이냐! 고문이 두렵거든 그 피에 절은 손에서 흉기를 놓고 성난 너희 영주의 말을 듣거라. 너희들 캐퓰릿과 몬터규 두 늙은이는 실없는 말로 세 번이나 싸워서 조용한 시중을 시끄럽게 하여, 베로나 노인들은 그 몸에 어울리는 지팡이를 내던지고 평화에 녹슨 낡은 창을 이 역시 늙은 손으로 휘둘러 너희들 마음 속의 녹슨 증오 속을 가르고 들어서게 했다. 앞으로 다시 시중을 시끄럽게 하는 날이면 치안을 어지럽힌 죄로 너희 목숨이 없으렷다. 이번만은 용서하겠으니 그대로 물러가라! 그러나 캐퓰릿, 그대는 나와 같이 가고, 몬터규, 그대는 오후 피리타운의 법정에 나와서 이번 사건에 관해서 좀더 나은 의향을 듣도록 하라. 한번 더 일러 두거니와 죽음이 무섭거든 모두들 썩 물러가거라!

몬터규, 몬터규 부인, 벤볼리오만 남겨 놓고 모두 퇴장.

몬터규 대체 누가 이 묵은 싸움을 또다시 터뜨려 놓았느냐! 너는 처음부터 있었느냐! 말해 보아라.

벤볼리오 저 원수의 하인들과 백부님의 하인들이 이곳에서 막 싸우고 있을 때 제가 칼을 빼들고 말리자, 바로 그때 성깔이 불 같은 티볼트가 나타나서 칼을 뽑아들고 머리 위에서 바람을 가르며 칼을 휘둘렀습니다. 그러나 그 칼에 아무도 다치지 않고 조롱하듯 바람 소리만 났습니다. 그렇게 우리가 한창 칼로 치고받는 사이에 자꾸만 사람들이 모여들어서 떼를 지어 싸우게 되었지요. 그때 마침 영주님이 오셨습니다.

몬터규 부인 아, 로미오는 어디 있느냐? 너 오늘 그애를 보았느냐? 로미오가 이 싸움에 끼이지 않아서 참으로 다행이구나.

벤볼리오 백모님 숭고한 태양이 동쪽 하늘의 황금빛 창문을 내다보기 한 시간 전, 저는 마음이 산란하여 밖으로 나가서 거닐었는데 이 도시 서쪽의 우거진 단풍나무 숲 아래로 그 이른 시간에 로미오가 거닐고 있었습니다. 제가 가까이 다가가니 알아채고 숲 속으로 슬쩍 숨어 버리더군요. 저는 로미오의 마음을 제 경우에 비추어 짐작했지요. 괴로운 몸은 홀로 있어도 너무나 불안해서 인기척이 없는 곳만 찾게 마련이거든요. 그래서 저는 그의 뒤를 쫓지 않고 내 뜻에 따라, 나를 피하려는 사람을 기꺼이 피해 주었습니다.

몬터규 그애는 새벽이면 자주 그곳에 가서 신선한 아침 이슬 위에 눈물을 뿌리고 한숨을 지어 구름에 구름을 더 보태는 모습이 이따금 눈에 띈다는구나. 하지만 만물에 기쁨을 주는 태양이 저 머나먼 동녘에서 새벽 여신의 침상으로부터 검은 포장을 걷기 시작하기가 무섭게, 우울한 아들 녀석은 빛을 피하여 살며시 돌아와 혼자 제 방에 틀어박혀서 창문을 모두 내려 밝은 햇빛을 가로막고 일부러 밤을 만든다. 이런 마음은 좋지 못한 징조임에 틀림없다. 잘 타일러서 그 원인을 알아냈으면 좋겠다만.

벤볼리오 백부님, 그 이유를 아십니까?

몬터규 모른다. 어디 알 도리가 있어야지.

벤볼리오 한번 물어 보셨습니까?

몬터규 나뿐 아니라 그 녀석의 친구들도 물어 보았지. 그러나 그 녀석은 제 의논 상대는 자기 자신인 양——그게 어디까지 진실한지는 알 수 없지만——하여간 저 혼자 비밀을 굳게 간직하고 있으니, 도저히 알아낼 길이 없구나. 마치 꽃봉오리가 향기로운 꽃잎을 대기 속에 피우고 그 아름다운 자태를 태양에 바치기도 전에 심술궂은 벌레에게 먹히고 마는 것 같다. 그 슬픔의 뿌리만 알 수 있다면 아는 대로 당장 치료를 해 주겠다만……

로미오 등장.

벤볼리오 저기 로미오가 옵니다. 잠깐 비켜 주세요. 거절당할지 모르지만 그의 고민을 알아보겠습니다.

몬터규 네가 여기 머물러 있다가 그의 참회를 들을 수 있게 된다면 오죽이나 좋겠느냐. 여보, 부인. 우리는 그만 갑시다.

몬터규와 그의 부인 퇴장.

벤볼리오 일찍 나왔구나!

로미오 지금이 그렇게 이른 시각이야?

벤볼리오 지금 막 아홉시를 쳤어.

로미오 아, 슬픈 시간은 지루하게 느껴지나 보지? 방금 바쁘게 가신 분은 아버님이었나?

벤볼리오 응, 그런데 무슨 슬픔이 로미오를 그처럼 지루하게 할까?

로미오 내 것이 되면 시간도 짧아질 텐데, 그걸 못 가지니 그렇지.

벤볼리오 사랑을 하고 있나?

로미오 아냐, 사랑을……

벤볼리오 이루지 못하고 있나?

로미오 사랑하는 여자의 마음을 얻지 못하고 있어.

벤볼리오 보기에 그토록 상냥한 사랑이 알고 보니 그렇게도 포악하고 부정하단 말인가!

로미오 아, 눈이 가려져 있는 그 사랑이란 놈은 눈 없이도 제 길을 잘 찾아가거든. 식사는 어디서 할까? 아니 여기서 무슨 소란이 있었지? 아냐, 말하지 않아도 좋아. 나도 다 알고 있으니까. 이것은 미움 때문에 일어난 소동이지만 사랑과도 깊은 관계가 있지. 그렇다면 아, 미워하면서 하는 사랑, 아, 사랑하면서 하는 미움. 본디 무(無)에서 생겨난 유(有)! 아, 침울한 경쾌함, 진지한 허영, 겉치레는 근사하나 꼴사나운 혼돈, 납덩이 같은 솜털, 빛나는 연기, 차디찬 불, 병든 건강, 늘 눈이 떠 있는 잠, 그것이면서 그것이 아닌 것! 이게 내가 하는 사랑이란 말이야. 사랑하면서 사랑받지 못하는 사랑, 우습지?

벤볼리오 아니, 오히려 울고 싶어.

로미오 울고 싶다니, 왜?

벤볼리오 네 착한 마음이 고통받고 있어서.

로미오 그건 지나친 애정이야. 내 슬픔만으로도 이 가슴이 꽉 차 있는데 네 것마저 덧붙여서 짓눌러 줄 참인가. 그런 애정은, 그렇잖아도 큰 내 슬픔을 더 크게 만들 뿐이야. 사랑이란 한숨의 김이 서린

연기, 그 연기가 가시면 연인의 눈 속에서 불꽃이 번쩍이고, 괴면 바다는 연인의 눈물로 넘치게 되지. 그게 사랑 아닌가? 가장 분별 있는 미치광이 짓 또한 숨막히는 쓴 약인가 하면 생명을 간직한 감로이기도 해. 그럼 잘 있어.

벤볼리오 잠깐, 같이 가! 나를 두고 간다면 너무하잖아.

로미오 쯧쯧, 나 자신도 어디다 두고 와서 없는걸. 난 여기 없다네. 지금 여기 있는 난 로미오가 아니야. 그는 어디 다른 데 가 있다고.

벤볼리오 솔직히 말해 봐. 네가 사랑하는 여자가 누구야?

로미오 뭐야? 고통을 끙끙 앓고 있는 나에게 뭘 말하라는 거야?

벤볼리오 끙끙 앓다니, 무슨 소리야? 정말 상대가 누군지 말해 보란 말이야.

로미오 슬픔으로 앓고 있는 환자에게 유서를 쓰라는 것과 다름없지. 다 죽어 가는 환자에게 하는 말치고는 너무하지 않을까! 그런데 사실 난 어떤 여자를 사랑하고 있다네.

벤볼리오 나도 그렇게 짐작했지. 내 생각이 약간은 들어맞는 것 같군.

로미오 용케 알아맞추었어. 하여간 내가 사랑하는 여자는 미인이야.

벤볼리오 그렇게 두드러진 목표라면 단번에 쏘아 맞혀야 할 것 아냐?

로미오 그런 생각은 과녁을 빗나가게 하지. 그녀는 큐피드의 화살에도 맞지 않아. 게다가 다이애나의 지혜를 가지고 순결이란 갑옷으로 무장하고 있으니 애들 장난감 같은 보잘것없는 사랑의 화살에 어디 상처를 입어야지. 달콤한 구애의 말에도 끄떡없고 추파의 집중 공격에도 태연하거든. 그뿐인가, 성자도 눈이 머는 황금에도 무

릎을 안 벌려. 아, 풍요로운 미모의 여인이지만 결국은 가난해질 뿐
이야. 죽으면 그 아름다움의 보고도 함께 사라져 버릴 테니 말이야.

벤볼리오 그럼 그 여자는 독신으로 지낼 맹세라도 했단 말이야?

로미오 그래, 그런 인색은 오히려 큰 낭비지. 아름다움이 금욕을 굶
주리면 후대의 아름다움까지 끊이게 마련이지. 너무나 아름답고 너
무나 영리하고, 한데 그렇게 아름답고 영리한 여자가 나를 이렇게
절망 속에 몰아넣고 어디 복을 받을 수 있겠어? 그녀는 사랑을 않
기로 맹세했다는데. 그 맹세 때문에 지금 말하고 있는 난 산송장이
나 다름없어.

벤볼리오 내 말을 잘 듣고 그녀를 잊어버려.

로미오 아, 어떡하면 잊을 수 있나, 좀 가르쳐 줘.

벤볼리오 네 눈에 자유를 주어서 다른 아름다운 여인들을 살펴보는
거야.

로미오 그건 그녀의 뛰어난 미모를 더욱 생각나게 할 뿐이야. 아름다
운 여인의 이마에 입맞춤하는 저 복된 가면도 검기 때문에 도리어
우리는 그 속에 가려진 미모를 생각하게 되잖나? 별안간 눈이 먼
자는 그 잃어버린 귀한 시력을 못 잊는 법이야. 절세 미인이 있다면
보여 줘. 그러나 그까짓 미모가 무슨 소용 있을라구? 오히려 그 절
세 미인보다 뛰어난 미인을 생각게 하는 방법밖에는 안 될 테니까.
그럼 잘 있어. 너는 내게 잊을 방법을 가르쳐 주지 못할 거야.

벤볼리오 그 말에 대해 꼭 갚음을 하겠어. 빚지고 죽지는 않을 테니
까.

제2장 같은 장소, 오후

캐풀릿, 패리스 백작, 캐풀릿의 하인 등장.

캐풀릿 하지만 나뿐 아니라 몬터규 역시 같은 벌을 받았소. 하기야 우리 같은 늙은이가 삼가는 일쯤은 어렵잖은 일인 줄 아오.

패리스 다 같이 이름난 두 분이신데, 긴 세월을 두고 그렇게 불화이시니 유감스럽습니다. 한데 저의 청혼은 어떻게 되었습니까?

캐풀릿 이제껏 해 온 말을 되풀이할 수밖에 없군요. 딸년은 아직도 세상을 모르고, 게다가 14살이 다 차지도 않았소. 적어도 앞으로 두어 여름쯤 넘겨야 온전한 신부감이 될까?

패리스 그보다 더 어린 나이에 행복한 어머니가 된 분도 있는데요.

캐풀릿 너무 일찍 자식을 낳으면 쉽게 늙는 법이오. 다른 자식들은 다 죽고 남은 것은 그애뿐, 그애만이 나의 하나밖에 없는 희망이라오. 그러니 패리스 백작이 직접 구애하여 딸년의 마음을 사로잡아 보구려. 그 애가 승낙하면 내 의향은 들으나마나고, 그렇게 되면 나 역시 그애가 택한 대로 기꺼이 찬성할 수밖에요. 오늘 밤 내 집에서 연회를 열게 되어 가까운 분들을 많이 초대해 놓았으니 백작께서도 귀한 손님으로 참석해 주신다면 그만큼 연회도 더욱 성황을 이룰 것이고, 한층 더 빛나는 모임이 될 것이오. 보잘것없는 집이지만 오늘 밤 참석하셔서 컴컴한 하늘도 환하게 빛낼 기라성 같은 아름다운 여인들을 보시오. 성장을 한 4월이 절뚝거리는 겨울 뒤꿈치를 쫓아오고 있을 때 팔팔한 젊은이들이 느끼는 기쁨 같은 것을 오늘 밤 내 집에서 꽃봉오리 같은 처녀들 사이에 끼여 맛보게 될 것이오. 두루 들고 보신 다음, 가장 으뜸가는 여자를 사랑하시오. 잘 눈여겨 보시면 아시겠지만 내 딸도 그 가운데 하나일 테니까. 하지만 머릿수에는 들겠지만 어디 손꼽힐 만할라구요. 자, 그럼 같이 갑시다. (하인에게) 여봐라, 어서 아름다운 베로나를 뛰어다녀라. 여기 이름이 적혀 있으니 (하인에게 쪽지를 준다.) 찾아가서, 내 집에 와 주시기를 바란다고 전해라. (캐풀릿과 패리스 퇴장)

하 인 (종이쪽지를 만지작거리면서) 여기 적혀 있는 양반들을 찾아가라구! 구둣방은 잣대를, 양복점은 구두틀을, 낚시꾼은 화필(畵筆)을, 그림장이는 그물을, 제각기 자기 연장을 가지고 일을 해야 한다고 씌어 있겠군. 그러나 여기 적힌 양반들을 찾아가라고 하지만 제기랄, 어느 댁 이름들이 적혀 있는지 알 수가 있어야지. 글을 아는 분께 가 봐야겠군. 아, 마침 잘 됐다!

벤볼리오와 로미오 등장.

벤볼리오 쯧쯧, 이봐. 새 불이 타오르면 지금까지 타던 불이 꺼지듯이, 하나의 고통도 다른 더한 고통이 오면 덜해지게 마련이야. 한쪽으로 돌다가 어지러워질 때는 거꾸로 돌면 나아지는 법이야. 네 눈에 다른 새 병이 걸리게 해 봐, 묵은 병의 고약한 독소는 사라져 버릴 테니.

로미오 그런 것에는 질경이 잎이 묘약이지.

벤볼리오 그런 것이라니?

로미오 정강이 다친 데는 말이야.

벤볼리오 아니 로미오, 미쳤어?

로미오 미치다니, 천만에! 하지만 미치광이 이상으로 묶여 있지. 감옥에 갇혀서 얻어먹지도 못하고 매를 맞고 고문을 당하고 있단 말이야——아, 뭔가?

하 인 안녕하십니까, 나으리. 글 읽을 줄 아시죠?

로미오 그래, 내 불행한 운명쯤은 읽을 수 있지.

하 인 그거야 책을 읽지 않아도 다 아는 일이죠. 그런 것이 아니라 글을 보시고 읽을 줄 아시느냔 말씀입니다.

로미오 그래, 읽을 수 있다. 글자와 말만 안다면야.

하 인 옳은 말씀입니다. 그럼 안녕히 계십쇼. (하인 돌아선다.)

로미오 이봐, 거기 있어. 읽을 줄 안다. (명단을 읽는다.) 마르티노 씨와 영부인 및 영애들, 안셀름 백작과 그의 아름다운 누이들, 비트루비오 미망인, 플라첸시오 씨와 그의 사랑스런 조카딸들. 머큐시오와 동생 발렌타인, 캐풀릿 숙부님과 숙모님 및 사촌누이들. 조카 로절린과 리비아. 발렌시오 씨와 사촌 티볼트, 루시오와 헬레나 양. 성대한 모임이군. 어디로 모이나?

하 인 저기요.

로미오 어디? 만찬회냐?

하 인 우리네 집으로. 저희 집이죠.

로미오 뉘 댁인데?

하 인 주인 댁입니다.

로미오 참, 그걸 먼저 물었어야 했구나.

하 인 묻지 않으셔도 말씀드리죠. 저희 주인은 저 위대하신 갑부 캐풀릿 님입니다. 나으리들께서도 몬터규네 사람들만 아니시라면, 부

디 오셔서 약주나 한 잔 드시죠. 그럼 안녕히 계십시오. (하인 퇴장)

벤볼리오 캐풀릿 집안 잔치엔 네가 그처럼 연모하는 로절린도, 베로나의 이름난 미녀들도 모두 참석할 거야. 거기 가서 맑은 눈으로 그녀의 얼굴과 내가 보여 주는 얼굴을 비교해 봐. 네가 백조라고 생각한 것이 까마귀였구나, 하고 여겨지게 될 테니.

로미오 경건한 신앙처럼 우러러보는 내 눈이 그런 거짓을 간직한다면, 거짓말쟁이로서 불타 죽어라. 나의 연인보다 아름답다고? 만물을 다 보시는 태양도 천지 개벽 이래 그만한 미인은 못 보았을걸.

벤볼리오 쯧쯧, 옆에 아무도 없고, 네 눈이 그 여자만 보아서 미인으로 보이는 거야. 하지만 오늘 밤 모임에서 빛나는 다른 미인들을 보여 줄 테니, 너의 그 수정 같은 눈저울에 네가 연모하는 여자와 함께 올려 놓고 비교해 보란 말이야. 지금은 천사처럼 보이는 그 여자도 별것 아닐 테니.

로미오 함께 가기로 하지. 하지만 그런 미인들을 보기 위해서가 아니라 내 연인의 아름다움을 즐기기 위해서야. (두 사람 퇴장)

제3장 캐풀릿 댁 한 방

캐풀릿 부인과 유모 등장.

캐풀릿 부인 유모, 줄리엣은 어디 있지? 좀 불러 줘.

유 모 제 열두 살 적 숫처녀의 표적을 두고 맹세하지만, 오라고 일렀는데요. 새끼양 아가씨! 무당벌레 아가씨! 어머, 나 좀 봐! 이 아가씨가 어디 갔지? 줄리엣 아가씨!

줄리엣 등장.

줄리엣 왜요, 누가 부르나요?

유 모 어머니가 부르십니다.

줄리엣 어머니, 여기 있어요. 왜요?

캐풀릿 부인 딴 게 아니라, 유모는 잠깐 자리를 비켜 줘요. 우리끼리
얘기 좀 해야겠으니. 아냐 유모, 그냥 있어요. 유모도 우리 얘기를
같이 들어 두는 게 좋을 것 같으니까. 유모도 알지만 이애도 이럭저
럭 결혼할 나이가 됐어.

유 모 그럼요, 아가씨 나이라면, 시간까지도 댈 수 있습죠.

캐풀릿 부인 열네 살이 아직 안 됐지.

유 모 제 이빨 열네 개를 두고 맹세해도 좋지만, 하지만 슬프게도
제 이는 네 개밖에 없네요. 아가씬 열네 살이 안 됐죠. 그런데 수확
제까지는 며칠이나 남았죠?

캐풀릿 부인 이 주일하고 며칠 더 남았지.

유 모 더 남았거나 덜 남았거나 일 년 삼백육십오 일 중 이번 수확
제 전날 밤이 되면 아가씬 열네 살이 되죠. 수잔과 아가씨는——하
느님, 죽은 자의 영혼에 자비를 내리소서!——동갑이죠. 글쎄, 수잔
은 천당에 가 있지만 내게는 과분한 애였어요. 말씀드렸듯이 수확
제 전날 밤이면 아가씬 열네 살이 되지요. 정말이에요. 제가 잘 기
억하고 있는걸요. 지진이 일어난 지 십일 년이 되는데, 아가씬 바로
그날 젖이 떨어졌어요——그 일은 잊혀지지도 않아요. 일 년 열두

달, 하고많은 날 가운데에서 바로 그날이었어요. 전 젖꼭지에다 약 쑥즙을 발라 놓고 비둘기집 담 밑에서 햇볕을 쬐고 있었지요. 영감 마님과 마님께서는 만투아에 가 계셨지요. 그래요, 전 아직도 기억 력이 좋죠. 그런데 글쎄 아가씬 젖꼭지에서 쓴 약쑥 맛이 나니까 귀 엽게 칭얼거리며 젖꼭지와 승강일하고 있었지요. 그때 비둘기집이 덜컹덜컹 흔들린 거예요! 그러니 나가라는 말 들을 것도 없이 급히 도망쳤죠. 그후로 벌써 십일 년이 지났어요. 그때 아가씬 혼자서 곧 잘 서기도 하고, 아니 아장아장 걸음마도 하고 뛰어다니기도 했죠. 그 전날만 해도 이마에 상처가 났는데, 우리 집 그이가——하느님, 그이의 영혼과 함께 하소서. 그인 재미있는 사람이었죠——아가씨 를 번쩍 안아들고서 하는 말이 '아이구, 앞으로 넘어졌구나? 나이가 차면 뒤로 넘어지겠지. 그렇지요, 우리 아가씨?' 하고 말하니까 글 쎄, 귀여운 아기가 울다 말고 '응' 하겠지요. 그때 농담이 현실이 되 다니! 정말이지 내가 천 년을 살더라도 그 말만은 잊지 못할 거예 요. 우리 집 그이가 '그렇지요, 아가씨?' 하고 말하니까 귀여운 아기 가 울다 말고 '응' 하고 대답했지요.

캐풀릿 부인 이젠 됐어요. 제발 좀 그만해요.

유 모 네, 마님. 하지만 아기가 울다 말고 '응' 하던 것을 생각하니 웃지 않을 수 없잖아요. 아가씬 이마에 병아리 불알만한 혹이 생겼 지요. 참 위험한 상처였어요. 아기가 사뭇 울었지요. 그런데 우리 집 그이가 '아이구, 앞으로 넘어졌구나? 나이가 차면 뒤로 넘어지겠 지, 그렇지요, 우리 아가씨?' 하고 말하니까, 아가씨가 울다 말고 '응'이라고 하지 않겠어요.

줄리엣 유모, 그만해요. 제발 좀.

유 모 화내지 말아요. 이젠 끝났어요. 아가씨의 축복을 빌겠어요! 아가씬 내가 기른 아이 가운데에서 가장 귀여웠죠. 살아 있는 동안 아가씨 시집 가는 것만 본다면 내가 더 뭘 바라겠어요.

캐풀릿 부인 그래, 내가 말하고 싶은 것도 바로 그 '결혼' 얘기야. 애, 줄리엣, 말해 보렴. 결혼에 대한 네 생각은 어떠냐?

줄리엣 그건 꿈에도 생각잖은 명예예요.

유 모 명예라고요! 아가씨의 유모가 나 혼자만이 아니었더라면, 그런 말 재치는 아가씨가 제 젖꼭지에서 빨아들인 것이라고 말하고 싶군요.

캐풀릿 부인 그럼, 이제 결혼에 대해 생각해 보아라. 이 베로나에서 너보다 어린 명문댁 규수들이 벌써 어머니가 되어 있다. 너는 아직 처녀지만, 네 나이에 벌써 나는 네 어미가 되었다. 하여간 간단히 말하마. 그 늠름한 패리스 님이 너를 아내로 맞이하겠다는구나.

유 모 그분이! 아가씨, 그분은 세상 전부와도 바꿀 수 없는 분이에요. 정말 아름다운 분이에요.

캐풀릿 부인 그래, 베로나의 여름에도 그분같이 아름다운 분은 없을 게다.

유 모 그럼요. 그분은 꽃, 참말로 꽃 가운데 꽃이죠.

캐풀릿 부인 어떠냐, 그분을 사랑할 수 있겠니? 오늘 밤 잔치 때 그분을 보게 될 것이니 책을 읽듯 젊은 패리스 님의 얼굴을 잘 살펴서, 아름다움의 붓끝이 그려 놓은 기쁨을 찾아내 보렴. 얼굴 생김이 어떻게 조화되어 있나 살피고, 서로가 어떻게 도와서 그 알맹이를 돋보이게 하고 있는가 보아라. 그 예쁜 얼굴의 책에도 나타나 있지 않는 것은, 눈이라는 여백에서 찾아보려무나. 이 소중한 사랑의 책은 제본이 안 된 연인 같은 것, 표지만 붙이면 그분의 아름다움은 완벽할 게다. 물고기가 바다에 사는 것은 당연한 것, 겉보기에 아름다운 것은 속에 아름다움을 간직하고 있는 것이 큰 자랑거리이다. 많은 사람의 눈에 찬양받는 책이란 황금의 고리로 황금의 이야기를 담고 있는 책이야. 그분을 남편으로 모시면 제 것은 조금도 줄지 않고 그분 것은 모두 네 것이 될 게다.

유 모 줄다뇨? 아녜요, 더 커지죠. 여자는 남자로 해서 커진답니다.

캐풀릿 부인 한마디만 말해 봐라. 패리스 님을 사랑할 수 있을 것 같으냐?

줄리엣 뵌 뒤에 좋아지도록 해 보겠어요. 이 눈이 마음을 움직일 수 있다면요. 하지만 제 눈은 어머니가 허락하신 곳까지만 보고, 그보다 더 깊은 곳에는 제 눈의 화살을 날리지 않겠어요.

하인 등장.

하 인 마님, 손님들이 오셨습니다. 음식은 다 준비되었고, 사람들은 마님을 부르고, 안에선 젊은 아가씨를 찾고, 주방에선 유모를 욕하고, 온통 야단법석입니다. 저는 접대를 해야겠습니다. 빨리 가 보십시오.

캐풀릿 부인 곧 가마. (하인 퇴장) 줄리엣, 백작님이 기다리고 계시단다.

유 모 자, 아가씨. 가서 행복한 낮에 이은 행복한 밤을 찾도록 하세요. (모두 퇴장)

제4장 캐풀릿 대 바깥

로미오, 머큐시오, 벤볼리오, 가면을 쓴 사람 대여섯 명, 횃불 든 사람, 그 밖의 많은 사람들 등장.

로미오 무슨 구실을 내세울까? 아니면 양해 없이 마구 들어가 버릴까?

벤볼리오 그런 긴 수작을 부릴 시대는 지났어. 큐피드 흉내를 내어 수건으로 얼굴을 가린 채 타타르 인의 얼룩덜룩한 장난감 활을 들고 허수아비처럼 여자들을 놀라게 하지도 말자. 들어가기 위해 무대 뒤에서 읽어 주는 대사를 간신히 따라 외는 개막사 따위도 그만두자. 그들 맘대로 생각하게 하고 우린 한바탕 춤이나 추고 나오는 거야.

로미오 횃불 이리 줘. 난 그럴 기분이 아니야. 마음이 침울하니 횃불이나 들겠어.

머큐시오 아니야, 로미오, 자네는 춤을 춰야 하네.

로미오 나는 안 돼. 정말이야. 자넨 바닥이 가벼운 무도화를 신고 있지만 내 마음의 바닥은 납덩어리라 땅에 달라붙어서 꼼짝도 할 수 없어.

머큐시오 자네는 사랑을 하고 있지. 그러나 큐피드의 날개라도 빌어 타고 하늘 높이 날 수가 없어. 게다가 사랑의 반석에 워낙 꽁꽁 묶여서 이 나른한 슬픔을 뛰어넘을 수도 없고, 사랑의 무거운 짐에 깔려 가라앉을 뿐이야. 자네가 그 짐에 깔려 가라앉는다면 그 사랑은 너무 벅찬 짐이야.

로미오 사랑이 연약하다고? 사랑은 너무나 거칠고 무정하고 잔인하며, 가시처럼 사람을 찌른단 말이야.

머큐시오 사랑이 거칠거든 자네도 사랑을 거칠게 다루고, 찌르거든 자네도 찔러 주는 거야. 그리고 때려눕히는 거야. 내 얼굴에 쓸 가면을 다오. 보기 흉한 가면! 상관 있나, 이 못난 상판이 그토록 신기하다면 얼마든지 보라지. 불룩 나온 가면의 이마빼기가 나 대신 얼굴을 붉혀 주겠지.

벤볼리오 자, 노크하고 들어가자. 들어가면 곧 다들 춤을 추자.

로미오 횃불을 줘! 속편한 놈팡이들이나 무심한 골풀을 뒤꿈치로 간지르게 하라지. 옛 속담에도 있듯이, 난 촛대를 들고 구경이나 하겠어. 분위기가 한창 무르익을 때 그만두겠단 말이야.

머큐시오 쯧쯧, 그만두는 관리가 잘 쓰는 말투군. 그렇다면 자네가 빠져 있는 사랑의 수렁에서 건져내 주겠어──미안한 말이지만──귀밑까지 빠져 있는 사랑의 수렁에서 말이야. 자, 이런 대낮에 횃불 켜고, 호, 들어가자.

로미오 아냐, 그렇지 않아.

머큐시오 내 말은 우물쭈물하고 있으면 대낮의 등잔 격으로 불이 아깝다는 뜻이야. 말을 좋은 뜻으로 받아들이라구. 그게 다섯 가지 지혜를 쓸 때 한 번이 아니라 다섯 번이나 나타나는 분별이라는 거야.

로미오 우리가 가면무도회에 나가는 것은 좋은 뜻에서이지만 그다지 슬기로운 것은 아니야.

머큐시오 어째서?

로미오 간밤에 꿈을 꾸었지.

머큐시오 나도 꾸었어.

로미오 그래, 어떤 꿈을 꾸었나?

머큐시오 꿈을 꾸는 사람은 흔히 거짓말쟁이라는 꿈이야.

로미오 침상에 누워서 꾸는 꿈은 참꿈이라지.

머큐시오 아, 그럼 자네는 요정의 여왕과 함께 잤겠구면. 그것은 꿈을 꾸게 하는 요정들의 산파, 시 참사의원의 집게 손가락에 반짝이는 저 마노(瑪瑙) 알보다도 작은 꼴을 하고서 난쟁이 떼에 끌려 자는 사람의 코 위를 지나가지. 그 수레는 개암 껍질, 아득한 옛날부터 요정들의 수레를 만들어 온 다람쥐나 늙은 풍뎅이가 만들었지. 수레바퀴살은 기다란 거미 다리, 포장은 메뚜기 날개, 밧줄은 가장 가느다란 거미줄, 목걸이는 물기어린 달빛, 회초리는 귀뚜라미 뼈요, 채찍은 엷은 막, 마부는 잿빛 외투를 입은 파리인데, 크기는 게으른 젊은 여자의 손가락에서 비집고 나오는 조그만 구더기의 절반도 안 된다고. 이렇게 해서 여왕은 밤마다 나들이하시는데, 그녀가 연인들 머리 속을 지나가면 그들은 사랑의 꿈을 꾸고, 벼슬아치들의 무릎 위를 지나가면 당장 넙죽 절하는 꿈이요, 법률가 손가락 위를 지나가면 당장 사례금을 받는 꿈, 숙녀들 입술 위를 지나가면 당장에 입맞추는 꿈을 꾸지. 그런데 여왕은 숙녀들 입에서 사탕과자 냄새가 난다고 화를 내며 입술에 물집을 만들어 주는 거야. 이따금 여왕이 벼슬아치의 콧잔등을 달리며 지나가면 그 소청을 맡아 내는 꿈을 꾸고, 어쩌다 교회세(敎會稅)로 받은 돼지꼬리로 잠자는 목사님 코를 간지르면 목사님은 성직 녹(祿)이 늘어나는 꿈을 꾸지. 때로 병사의 목덜미를 달리면 그는 적병의 목이 자르는 꿈에서 돌격, 복병, 스페인 장도의 꿈, 나아가서는 난잡한 축배의 꿈을 꾸고, 큰

북 소리 홀연히 귓전에 울리면 깜짝 놀라 잠을 깨고는 두려운 생각에 한두 마디 기도를 중얼거리고 다시 잠이 들지. 바로 이 여왕이 밤중에 망아지 갈기도 땋아 놓고 추한 계집 머리칼도 헝클어 놓곤 하는데, 이게 풀리면 굉장한 불행이 찾아온다나! 그리고 처녀들이 반듯이 누워 자고 있을 때, 가슴 위에서 짓눌러서 답답해도 참는 것을 익히게 해 주어서 남편 상대 잘하는 아낙네로 만들어 주는 것도 이 여왕의 장난이야. 또 이 여왕은······

로미오 그만, 머큐시오, 그만해! 자네는 부질없는 소리를 하고 있어.

머큐시오 사실이야, 꿈에 관한 이야기니까. 터무니없는 공상에서 나오는 꿈은 하릴없는 머리에서 태어난 아이라네. 공기처럼 실속없고, 주착없기로는 금방 북쪽의 언 가슴을 녹이다가도 발끈 성을 내고 휙 돌아서서 이슬로 촉촉히 젖는 남쪽으로 방향을 돌리고 마는 바람보다 더 하지.

벤볼리오 자네가 말하는 그 바람에 날려서 우리는 할 일을 잊고 있어. 만찬도 끝나고, 너무 늦지 않았는지 몰라.

로미오 아냐, 오히려 너무 이르지 않을까? 어쩐지 불길한 생각이 드는구나. 아직도 운명의 별에 서려 있는 어떤 큰일이 가슴 속에 간직된 울적한 내 생명의 기한을 예기치 않은 죽음 같은 흉한 형벌로 끝나게 할지도 모른다는 생각이 드네. 그러나 내 인생 항로의 키를 잡으신 하느님께 앞날의 항해를 부탁할 수밖에! 자, 우리 모두 씩씩하게 들어가자.

벤볼리오 북을 쳐라, 북을. (모두 집안으로 들어간다.)

제5장 캐퓰릿 대 홀

악사들이 기다리고 있다. 하인들이 냅킨을 들고 등장.

하인 1 설거지도 안 거들고, 포트팬은 어디 갔나? 나무쟁반 하나 치우길 했나, 닦기를 했나!

하인 2 예절을 아는 사람은 한두 사람뿐이고, 게다가 그들은 손도 씻지 않았으니 더러울 수밖에.

하인 1 의자는 걷어서 치우고, 찬장도 들어내고, 식기도 잘 치워 놔. 여봐, 내가 먹게 편도과자 한 조각 남겨 둬. 그리고 또 한 가지 부탁은 문지기한테 가서 수잔 그린드스톤과 넬을 좀 들여보내 달라고 전해 줘. (하인 2 퇴장) 이봐, 안소니, 포트팬! (하인 두 사람 등장)

하인 3 아, 여기 있어.

하인 1 큰 홀에서 자넬 찾고, 부르고, 어디 갔느냐며 야단들이야.

하인 4 한꺼번에 여기 있고 저기 있고 할 수야 있나. 자, 기운을 내게. 잠시니까 열심히 일하라구. 그리고 오래 살아야 다 차지하는 거야. (하인 3, 4 퇴장)

캐퓰릿과 그 부인, 줄리엣, 티볼트, 유모, 그 밖의 모든 남녀, 손님들과 함께 가면 쓴 사람들을 맞이한다.

캐퓰릿 잘 오셨습니다. 신사 여러분! 발바닥에 티눈이 안 박힌 숙녀들께서 여러분과 춤을 추어 드릴 것입니다. 자, 숙녀 여러분, 여러분 가운데 춤을 추지 않으시겠다는 분은 안 계신지요? 얌전빼는 분은 틀림없이 티눈이 생긴 분입니다. 내 말이 맞지요? 잘 오셨소. 신사 여러분! 나도 한창때는 탈을 쓰고 아름다운 여인의 귓전에 달콤한 애기를 속삭였다오. 다 먼 옛날, 옛날 일이지. 잘들 오셨소, 신사 여러분! 자, 악사들. 연주를 시작해요. 자리를 넓혀라, 자리를 틔워라! 넓혀! 아가씨들은 춤을 추시고. (음악이 연주되고 춤이 시작된다.) 여봐라, 불을 더 밝혀라. 그 테이블도 치우고 난로를 꺼라, 방이 너무 덥다. 허어, 뜻밖에 흥겹게 됐군. 아이구 아저씨, 어서 오십시오. 자, 앉으십시오. 앉으세요. 아저씨와 저는 이제 춤을 출 때가 지났군요. 아저씨하고 같이 탈을 쓰고 마지막으로 춤을 춘 지가 몇 해나 지났지요?

캐풀릿 집안 사람 글쎄, 삼십 년은 됐을걸.

캐풀릿 예? 그렇게는 안 됐어요. 그렇게는 안 됐어, 루첸시오 결혼 뒤부터니까. 성령 강림절이 아무리 빨리 온다 해도 이십오 년쯤 됐겠지요. 우리가 같이 가면무도회에 나간 지가 말예요.

캐풀릿 집안 사람 더 되지, 더 돼. 지금 루첸시오 아들이 그보다 더 나일 먹었으니까. 아마 서른 살은 됐을걸!

캐풀릿 설마! 그애는 이태 전만 해도 아직 미성년이었는걸요.

로미오 (하인에게) 저기 저 기사와 손을 잡고 있는 부인은 누구냐?

하 인 모르겠는데요.

로미오 아, 저 아름다운 여자는 횃불에 더 밝게 타는 방법을 알고 있는 것 같구나! 마치 이디오피아 인의 귀에 반짝이는 보석처럼 밤의 볼에 매달려서 반짝이는 보석 같구나. 저 아름다움은 사람들이 쓰기에는 너무 값지고 속세의 것이기엔 너무 고귀하다! 다른 여자들

속에 섞인, 마치 까마귀 떼에 백설 같은 비둘기를 보는 것 같구나. 저 여자가 서 있는 곳을 봐 뒀다가 춤이 끝나면 거친 이 손으로 그녀의 손을 잡는 기쁨을 누려 보자. 내 가슴이 이제껏 사랑을 하고 있었나? 내 눈아, 제발 아니라고 부정하여라! 오늘 밤에야 비로소 나는 참된 아름다움을 보았으니.

티볼트 저 목소리는 틀림없이 몬터규 집안 놈이다. 얘, 내 칼을 가져오너라. 저 망할 놈, 감히 탈을 쓰고 나타나서 우리 잔치를 우롱하자는 심보냐? 가문의 명예를 위해서 저놈을 죽여야겠다.

캐풀릿 얘! 너 왜 그렇게 화가 났지?

티볼트 고모부님, 원수 몬터규 집안 놈입니다. 오늘 밤의 잔치를 우롱하려고 뻔뻔스럽게 나타난 놈입니다.

캐풀릿 그 젊은 로미오냐?

티볼트 네, 바로 그 놈입니다.

캐풀릿 진정해라, 얘야. 그냥 내버려둬. 점잖지 않느냐? 사실인즉 베로나에서는 저애가 자랑거리이니라. 품행이 좋고 얌전한 청년이라고 말이다. 시중의 전재산을 준다고 해도 내 집에서 저 사람을 해칠 수는 없다. 그러니 꾹 참고 못 본 체해라. 이게 내 뜻이다. 내 뜻을 존중한다면 좋은 낯을 하고 이맛살을 펴도록 해라. 이런 잔치에는 걸맞지 않은 얼굴이구나.

티볼트 저런 망할 자식이 손님입네, 하고 와 있으니까 걸맞지 않을 수밖에요. 전 못 참겠습니다.

캐풀릿 참아야 한다. 원, 녀석도. 참아야 한다니까. 대체 주인이 누구냐? 나냐, 너냐? 바보같이 못 참겠다고? 별일을 다 보겠구나. 손님들 앞에서 난장판을 벌리겠다는 거냐! 뒤죽박죽을 만들겠다는 거냐! 그리고서 한번 빼겨 보겠단 말이냐?

티볼트 하지만 고모부님, 그건 치욕입니다.

캐풀릿 바보 같은 소리, 넌 버릇없는 놈이구나. 그게 정말 치욕이란 말이냐? 네가 정 그렇다면, 내가 그냥 안 있을 게다. 내 말을 거역 하다니——이제 시간이 어지간히 되었구나——여러분, 좋아요!—— 글쎄, 잠자코 있지 않으면——불을 더 켜라, 더!——부끄러운 줄 알 아라! 혼을 내줄까 보다!——자, 여러분 즐겁게들……

티볼트 억지로 참으려니 화가 나서 온몸이 부들부들 떨리는구나. 나 는 물러가야겠다. 하지만 이번 침입이 지금은 달콤하겠지만, 곧 쓰 디쓴 맛을 보여 줄 테다. (티볼트 퇴장)

로미오 (줄리엣에게) 만일 내가 천한 이 손으로 당신의 집을 더럽히고 있다면, 그 죄의 보상으로 내 입술이 얼굴을 붉힌 두 순례자처럼 부 드러운 입맞춤으로 그 거친 자국을 깨끗이 씻으려고 이렇게 수줍게 기다리고 있습니다.

줄리엣 착한 순례자님, 그것은 당신의 손을 모욕하시는 말씀. 순례자 님의 손은 이처럼 점잖게 신앙심을 보여 주고 있습니다. 본디 성자 의 손은 순례자가 만지기 위해서 있는 것이니 손바닥을 서로 맞대 는 것이 거룩한 순례자들의 입맞춤이 아니겠어요?

로미오 성자나 거룩한 순례자나 입술이 있지 않습니까?

줄리엣 아이, 순례자님, 그것은 기도를 올리기 위한 입술이지요.

로미오 아, 성녀님, 손으로 하는 입맞춤을 입술로 하게 해 주십시오. 내 입술이 기원합니다——허락하소서, 내 신앙이 절망으로 변하지 않도록 하기 위해서.

줄리엣 성자의 마음은 움직이지 않는답니다. 설령 기원을 들어주는 일이 있더라도.

로미오 그럼, 움직이지 말고 계십시오. 내 기원의 효험을 받는 동안. (키스한다.) 이렇게 하여 내 입술의 죄는 당신의 입술로 깨끗이 씻어졌습니다.

줄리엣 그럼 제 입술이 그 죄를 짊어지게요.

로미오 내 입술의 죄? 아, 달콤한 꾸짖음! 그럼 내 죄를 돌려주십시오. (키스한다.)

줄리엣 입맞춤에 일일이 이유를 붙이시는군요.

유 모 아가씨, 어머님이 잠깐 하실 말씀이 있으시대요.

로미오 어머님이라니, 누구신가요?

유 모 어머나, 도련님도! 어머님은 이 댁 마님이시죠. 착하고 얌전하신 마님이시죠. 지금까지 도련님과 얘기하신 그 따님을 제가 길렀답니다. 아가씨를 차지하는 분은 정말 돈보따리를 안는 거예요.

로미오 캐퓰릿의 딸이라? 아, 비싼 거래를 했구나! 내 목숨은 원수의 손에 있는 채권이 되었구나.

벤볼리오 잔치의 흥이 한창이니 이제 돌아가자.

로미오 그래, 그런 것 같군. 그래서 더욱 불안하구나.

캐퓰릿 아니오, 여러분. 그렇게 서두르지 마십시오. 별것 아니지만 다과를 마련해 놓았으니. (가면 쓴 사람들이 캐퓰릿의 귀에 속삭이며 사과한다.) 아, 그러십니까? 그럼 여러분, 고맙습니다. 감사합니다. 신사 여러분, 안녕히 가십시오. 여봐라, 여기 불을 더 밝혀라! 자, 우리도 슬슬 자러 가 볼까. 이런, 정말 밤이 깊었군. 그럼 나는 가서 자야겠다. (줄리엣과 유모만 남기고 모두 퇴장)

줄리엣 이리 좀 와 봐, 유모. 저기 저 신사분은 누구지?

유 모　글쎄요, 페트루치오 도련님인가 본데요.

줄리엣　춤도 안 추시고, 지금 그 뒤를 따라가는 분은?

유 모　모르겠는데요.

줄리엣　가서 이름 좀 물어 봐——만일 그분이 결혼하셨다면 무덤이
나의 신방이 될 거야.

유 모　저분의 이름은 로미오라고, 몬테규 집안이에요. 아가씨댁 원
수의 아들이랍니다.

줄리엣　오직 하나의 내 사랑이 오직 하나의 내 미움에서 싹트다니!
모르고 너무 일찍 보아 버렸고, 알고 나니 너무 늦었네! 원수를 사
랑해야 하다니, 나로서는 앞날이 걱정되는 사랑의 탄생이야!

유 모　뭐라고요, 뭐라고 하셨죠?

줄리엣　방금 배운 노래의 가사예요. 같이 춤춘 분이 가르쳐 주셨어
요.

제 2 막

프롤로그 담당자 등장.

프롤로그 담당자 이제 묵은 정열은 무덤 속에서 누워버리고 새로운 애정이 그 뒤를 이으려고 싹이 틉니다. 목숨을 걸고 사랑한 미인도 아름다운 줄리엣에 비하면 미인이 아닙니다. 이제는 로미오도 사랑을 주고받는 몸, 서로의 아름다움에 매혹당한 까닭입니다. 그러나 로미오는 원수의 딸에게 애태워야 하고 줄리엣도 무서운 바늘에서 달콤한 사랑의 밤을 훔쳐야 합니다. 원수의 몸이라, 그는 가까이 가서 연인들이 늘 하는 맹세를 속삭일 길이 없고, 그녀 또한 연모하는 마음 가득하나 새 연인을 만날 길은 더욱 까마득합니다. 그러나 정열은 힘을, 시간은 수단을 그들에게 주어 만나게 하여, 커다란 고난을 이겨 지극한 사랑의 기쁨을 맛보게 합니다. (퇴장)

제1장 캐풀릿 댁 정원 담 바깥 길

로미오 혼자서 등장.

로미오 내 마음이 여기 있는데 어떻게 이대로 지나갈 수 있는가? 이 둔한 흙덩이 같은 몸뚱이야, 돌아서서 네 생명의 중심을 찾아가거라.

그는 담에 기어올라가 안으로 뛰어내린다. 벤볼리오와 머큐시오, 길에 등장. 로미오는 담 안에서 듣고 있다.

벤볼리오 로미오! 로미오! 로미오!

머큐시오 영리한 녀석이야, 아마 지금쯤 집에 가서 누워 다리를 뻗고 있을걸.

벤볼리오 이쪽으로 달려와서 이 정원 담을 뛰어넘어갔어. 이봐, 머큐시오. 좀 불러 봐.

미규시오 아냐, 주문을 외워서 불러내야겠어. 로미오! 번덕쟁이! 미치광이! 정열가! 연인아! 한숨짓는 모습으로 나타나거라. 한 마디 노래라도 불러라. 그러면 족하다. 아아, 한 마디만 소리쳐라. '사랑아'라든지 '비둘기야'라든지 한 마디만이라도 해라. 나의 수다쟁이 비너스에게 한 마디 상냥한 말이라도 건네 다오. 비너스의 눈먼 맏아들인 저 활의 명수 젊은 큐피드에게 별명이나 하나 지어 주려무나. 코페튜아 왕은 큐피드의 화살에 정통으로 맞아 거지 아가씨를 사랑하지 않았느냐? 이녀석, 듣지도 않고 꼼짝도 않고 나타나지도 않는구나. 이 원숭이 같은 놈이 죽었나, 정말로 주문을 외야겠군. 자, 로미오야, 나타나거라. 내가 너를 부르노라. 로절린의 반짝이는 두 눈으로, 그 빼어난 이마와 빨간 입술로, 그 예쁜 발과 그 곧은 다리와 바르르 떠는 넓적다리와 그 언저리에 있는 으슥한 금단의 안뜰로 그대를 부르노니, 자아, 너의 모습을 어서 나타내거라.

벤볼리오 그 말을 들으면 화를 내겠는걸.

머큐시오 이건 해낼 수 없겠지. 가령 자기 여자의 둥근 원 속에 이상한 남자의 혼령을 불러세워 놓고, 그 여자가 주문을 외어 쓰러뜨릴 때까지 서있게 한다면 화를 내겠지. 거기에는 악의가 있으니까. 그러나 내 주문은 정정당당해. 난 그녀의 이름을 빌어 그 녀석이 나타나라고 주문을 외고 있는 것뿐이니까.

벤볼리오 자, 로미오는 이 수목 속에 몸을 숨기고 밤이슬에 촉촉히 젖고 싶은 모양이지. 사랑에 눈이 멀었으니 어둠이 가장 알맞을지도 몰라.

머큐시오 사랑이 맹목이라면, 사랑의 화살은 과녁을 맞추지 못하지 않겠나? 지금쯤 그는 비파나무 밑에 앉아 자기 연인이 비파나무 같았으면 좋으련만, 하고 생각하고 있을걸. 처녀들은 비파 이름을 불러 보며 혼자 웃는다나? 아, 로미오, 네 연인은, 아, 그녀는 벌어진 엉덩이가 되고 너는 길쭉한 배[梨]가 됐으면 좋겠다. 로미오, 잘 가거라. 나는 살풍경하더라도 내 침대에 가서 자겠다. 이 노천 침상은 너무 추워서 잠을 청할 수 없다.

벤볼리오 그래, 가자. 들키지 않으려고 숨은 사람을 찾아봐야 헛수고니까. (두 사람 퇴장)

제2장 같은 장소. 캐풀릿 대 정원

로미오, 앞으로 나타난다.

로미오 상처의 아픔을 모르는 자는 남의 상흔을 비웃는다. (줄리엣이 2층 창문에 나타난다.) 하지만 쉿, 저기 저 창문에서 흘러나오는 빛은 무엇일까? 저기는 동쪽, 그렇다면 줄리엣은 태양이다. 아름다운 태양이여, 떠올라 샘바리 달을 죽여 다오. 달의 시녀인 당신이 달보다 훨씬 아름다워 달은 이미 슬픔에 병이 들어 창백해졌소. 제발 달의 시녀 노릇은 하지 마오. 달은 샘바리니까 달의 처녀가 입는 옷은 창백하게 병든 초록빛이오. 오오, 그대는 나의 여인, 나의 사랑! 아, 그대도 그대가 나의 사랑임을 알아주었으면! 입을 여는구나. 그렇지만 아무 말이 없다. 그게 무슨 상관인가? 저 눈이 말하지 않는가. 그럼 대답을 해 볼까. 그건 너무 뻔뻔스럽지. 내게 말을 건넨 것도 아닌데. 온 밤하늘에서 가장 빛나는 두 개의 별이 볼일이 있어, 저 두 눈에 청하여 자기들이 돌아올 때까지 대신 자기들 별자리에서 반짝여 달라고 부탁한 것 같구나. 만일 저 두 눈과 그 두 별이 자리를 바꾼다면 어떻게 될까? 저 밝게 빛나는 그녀의 볼을 보고 두 별은 햇빛 아래 등불처럼 빛을 잃고 말겠지. 하늘로 올라간 두 눈은 창공에 한껏 빛날 테니, 새들도 밤이 아닌 줄 알고 노래부를 거야. 저것 봐, 볼을 두 손에 갖다 대는군. 아, 내가 저 손에 낀 장갑이라면 저 볼에 닿을 수 있을 것을!

줄리엣 어쩌나!

로미오 말을 하는구나. 아, 빛나는 천사여. 한 번 더 말해 주시오! 오늘 밤 내 머리 위에서 빛나는 당신 모습은 천천히 흘러가는 구름을 타고 허공을 두둥실 떠가는 모습을 보려고 뒷걸음질치며 우러러 쳐다보는 인간의 눈에 비치는 날개 가진 하늘의 천사 같구나.

줄리엣 아, 로미오, 로미오! 왜 당신은 로미오이신가요? 아버지와 관계없고, 그 이름이 아니라고 말씀하세요. 그렇게 못 하신다면, 저를 사랑한다고 맹세만이라도 해 주세요. 그러면 저는 캐퓰릿이라는 성을 버리겠어요.

로미오 (혼자말로) 좀더 듣고 있을까, 말을 걸어 볼까?

줄리엣 당신의 이름만이 내 원수예요. 몬터규 집안이 아니라도 당신은 당신, 대체 몬터규가 뭔가요? 손도 아니고, 발도 아니고, 팔도 얼굴도 아니고, 사람의 몸 어느 부분도 아니잖아요? 오, 다른 이름이 되어 주세요. 이름에 뭐가 있죠? 우리가 장미라고 부르는 꽃은 다른 이름으로 불러도 역시 향기로울 거예요. 그러니 로미오 역시 로미오라 부르지 않더라도, 그 이름과는 관계없이 그리운 그 완전한 모습은 그대로 남을 거예요. 로미오, 그 이름을 버리시고 당신의 몸과는 아무 관계도 없는 그 이름 대신 이 몸을 고스란히 가지세요.

로미오 그 말씀대로 당신을 갖겠습니다. 나를 연인이라고만 불러 주십시오. 그러면 새로 세례를 받은 듯이 나는 이제부터 로미오가 아닌 딴사람이 될 겁니다.

줄리엣 당신은 누구신가요, 이렇게 어둠 속에 숨어서 남의 비밀을 엿듣는 분은?

로미오 이름으로는 내가 누구라고 해야 할지 알 수 없습니다. 성녀님, 나도 내 이름이 밉습니다. 그것은 당신의 원수이니까요. 그것이 어디에 적혀 있다면 그 글자를 갈기갈기 찢어 버리고 말 것입니다.

줄리엣 그 입에서 나온 말을 제 귀는 아직 백 마디도 안 들었지만 그래도 저는 그 음성을 알 수 있어요. 몬터큐 씨 댁 로미오 님 아니세요?

로미오 아름다운 당신이 싫다면 그 어느 쪽도 아닙니다.

줄리엣 여길 어떻게, 그리고 뭣하러 오셨어요? 담은 높아서 기어오르기 어렵고, 당신 신분으로 봐서 우리 집 사람들에게 들키시면 이곳을 무사히 빠져나가지 못할 텐데.

로미오 이까짓 담은 사랑의 가벼운 날개를 타고 뛰어넘었지요. 돌담이 어떻게 사랑을 막을 수 있겠습니까. 사랑을 할 수만 있다면 무엇이든 해낼 것이오. 그러니까 당신 가족들도 나를 막지 못할 겁니다.

줄리엣 하지만 우리 집 사람들이 보면 당신을 죽이려고 할 거예요.

로미오 아아, 그들의 칼 스무 자루보다도 당신의 눈이 더 무섭습니다. 당신만 정다운 눈짓으로 보아 주신다면 그들의 악의쯤 아무렇지도 않습니다.

줄리엣 무슨 일이 있어도 이곳에서 들키지 않도록 하세요.

로미오 나는 밤의 외투로 몸을 가렸으므로 그들의 눈에 띄지 않을 것입니다. 그러나 당신의 사랑을 못 받는다면 차라리 이대로 들키고 싶습니다. 당신의 사랑없이 쓸쓸히 살다 죽느니 차라리 그들의 미움으로 목숨을 끊는 편이 낫겠습니다.

줄리엣 누구의 안내로 여기에 오셨어요?

로미오 사랑의 안내지요, 당신을 찾으라고 먼저 재촉한 것도 사랑이고, 지혜를 빌려 준 것도 사랑입니다. 난 눈만 빌려 주었지요. 난 수로(水路) 안내인은 아니지만 당신 같은 보물을 찾아서라면 바닷물

이 출렁이는 아득한 해안같이 머나먼 곳이라도 기어이 찾아갈 것입니다.

줄리엣 이렇게 밤의 가면이 제 얼굴을 덮고 있으니망정이지, 그렇지 않았더라면 이 볼은 수줍은 처녀의 마음으로 빨갛게 물들었을 거예요. 오늘 밤 당신은 제 말을 엿들으셨거든요. 저도 체면을 차리고 싶고, 아까 한 말은 거짓말이라고 부정도 하고 싶어요. 하지만 그런 격식은 싫어요. 저를 사랑하시나요? '그렇다'고 대답해 주시겠지요? 그 말씀을 믿겠어요. 하지만 아무리 맹세를 하시더라도 거짓일지 모르잖아요. 연인들의 거짓말은 조브 신도 웃고만답니다. 아, 그리운 로미오 님. 저를 사랑하신다면 진정으로 그렇다고 말씀해 주세요. 혹시 너무 쉽게 저를 손에 넣었다고 생각하시나요? 그렇다면 저는 얼굴을 찡그리고 토라져서 당신을 거절할래요. 그래도 당신은 사랑을 애걸해 오셔야 해요. 그렇지 않으면 저도 않겠어요, 절대로. 그리고 몬터규 님, 진정 저는 너무나 사랑하고 있어요. 그런 저를 당신은 경박한 여자라고 생각하실지도 모르겠어요. 하지만 저를 믿어 주세요. 저는 쌀쌀한 체 잔꾀를 부리는 여자들보다 훨씬 더 진실한 여자임을 증명해 보여 드리겠어요. 참다운 사랑의 고백을 저도 모르게 당신이 엿듣지만 않으셨더라도 정말 저는 좀더 쌀쌀하게 굴었을 거예요. 그러니 용서하시고 행여 들뜬 사랑에서 이처럼 마음을 허락한 것이라고 꾸짖지는 마세요. 밤의 어둠 때문에 도리어 드러난 사랑이니까요.

로미오 아가씨, 이곳 과일나무 가지를 온통 은빛으로 물들이고 있는 저 밝은 달을 두고 맹세하겠어요.

줄리엣 아, 변덕스러운 달을 두고 맹세하지 마세요. 기어이 맹세를 하시려거든 당신 자신을 두고 맹세하세요. 당신은 제가 우상처럼 받드는 하느님이시니, 당신을 믿겠어요.

로미오 만약 내 가슴에 사무치는 사랑이——.

줄리엣 역시 맹세하지 마세요. 당신의 마음을 알게 되어 기쁘기는 하지만 오늘 밤의 이런 맹세는 즐겁지 않아요. 너무나 당돌하고, 너무나 경솔하고, 말할 새도 없이 사라져 버리는 번갯불만 같아요. 그럼, 안녕히 가세요! 사랑의 꽃봉오리가 여름날의 입김에 마냥 부풀어 다음에 우리가 만날 때에는 아름답게 꽃피어 있기를 바라겠어요. 안녕히 가세요. 안녕히! 달콤한 안식이 제 가슴속과 마찬가지로 당신의 마음속에도 깃드시기를!

로미오 이렇게도 섭섭하게 저를 두고 들어가시렵니까?

줄리엣 어떻게 하면 서운하지 않으시겠어요?

로미오 서로 진실한 사랑의 맹세를 나누는 것입니다.

줄리엣 당신이 청하시기 전에 벌써 제 것을 드렸습니다. 하기야 한 번 더 드리고 싶지만.

로미오 그걸 되돌려 달라는 건가요? 왜 그러시죠?

줄리엣 다만 아낌없이 한 번 더 드리고 싶어서예요. 하지만 이건 제가 가지고 있는 것을 제가 탐내고 있는 거나 같네요. 제가 드리고 싶은 마음은 바다처럼 끝이 없고, 사랑도 바다처럼 깊어요. 당신께 드리면 드릴수록 더 많아져요. 두 가지 다 끝이 없으니까요. 안에서 무슨 소리가 나요. 그럼 안녕히! (유모가 안에서 부른다.) 응, 곧 갈게요 유모!——그리운 몬터규 님, 변치 마세요. 잠깐만 기다리세요, 곧 돌아올게요. (줄리엣 안으로 들어간다.)

로미오 아, 참으로 행복한 밤이구나. 하지만 이게 모두 꿈이 아닌지

두렵다. 너무나 기뻐서 사실이 아닌 것만 같구나.

줄리엣 다시 2층 창문에 나타난다.

줄리엣 세 마디만 더요, 로미오 님! 부디 안녕히 가세요. 당신의 애정이 진실되고 결혼하실 생각이시라면 내일 사람을 보내겠으니, 어디서 언제 결혼식을 올릴 것인지 알려 주세요. 그러면 운명을 송두리째 당신 발 아래 내던지고, 당신을 낭군삼아 세계 어느 곳이라도 따라가겠어요.

유　모 (안에서) 아가씨!

줄리엣 응, 가요——하지만 진심이 아니시라면, 제발 저……

유　모 (안에서) 아가씨!

줄리엣 곧 갈게. 이런 일은 이제 이것으로 그치시고, 저 혼자 슬픔에 잠겨 있도록 내버려두세요. 내일 사람을 보낼게요.

로미오 내 영혼에 맹세코!

줄리엣 부디, 부디, 안녕히 가세요! (줄리엣 들어간다.)

로미오 그대의 빛을 잃으니 조금도, 조금도 즐겁지가 않구나. 사랑을 보러 갈 때에는 학교 수업이 끝난 어린애처럼 날아갈 듯이 기쁘더니, 연인과 헤어질 때에는 침울한 얼굴빛으로 학교에 가는 것 같구나.

줄리엣, 다시 2층 창문에 나타난다.

줄리엣 여보세요, 로미오 님, 여보세요! 아, 매를 다시 불러오는 매

사냥꾼의 목소리가 부럽구나! 갇힌 몸이, 목소리마저 쉬어 큰 소리
마저 낼 수도 없네. 그렇지만 않으면 나의 로미오 님, 하고 허공에
울리는 메아리가 내 목소리보다 더 크게 될 때까지 되풀이해 메아
리가 사는 동굴이 떠나가도록 큰 소리로 불러 보련만.

로미오 　내 이름을 부르는 것은 나의 영혼, 밤에 듣는 연인의 목소리
는 은방울 소리처럼 영롱하구나. 부드러운 음악처럼 내 귀에 울린
다!

줄리엣 　로미오 님!

로미오 　예?

줄리엣 　내일 몇 시에 사람을 보낼까요?

로미오 　아홉시까지 보내 주십시오.

줄리엣 　꼭 보내겠어요. 그때까지가 마치 스무 해나 되는 것처럼 느껴
지네요. 그런데 제가 왜 당신을 불렀는지 깜빡 잊었어요.

로미오 　다시 생각이 나실 때까지 여기 서 있겠습니다.

줄리엣 　그대로 거기 서 계시도록 저도 잊고 있을래요. 당신 곁에 있
는 것이 얼마나 좋은지 생각하면서요.

로미오 　그러면 당신이 그냥 잊고 있도록 나도 이 자리에 이대로 서
있지요. 여기 이외의 다른 곳은 다 잊어버리고.

줄리엣 　벌써 날이 새나 봐요. 이제 보내드려야겠어요. 하지만 멀리
가시게는 안 하겠어요. 장난꾸러기 계집아이가 손에 쥔 새를 좀 놓
아주었다가 새의 자유로운 퍼득임이 귀엽기도 하고 샘도 나서 사슬
에 매인 가엾은 죄수를 끌어당기듯이 비단실을 다시 확 잡아당기는
것처럼요.

로미오 　당신의 그 새가 되었으면.

줄리엣 저도 그랬으면 좋겠어요. 하지만 너무 귀여워하다가 죽게 할
지도 몰라요. 안녕, 안녕히 가세요! 헤어지기가 이처럼 달콤하고 슬
프니 날이 샐 때까지 안녕이란 인사를 계속하고 싶어요. (줄리엣 퇴
장)

로미오 당신의 두 눈엔 잠이, 가슴엔 평화가 깃들기를! 내가 그 잠이
되고 평화가 되어 고요히 그녀의 눈과 가슴에 쉬고 싶구나! 이 길
로 나는 신부님의 본당으로 가서 도움을 청하고, 내 행운을 알려 드
려야겠다. (로미오 퇴장)

제3장 수도사 로런스의 본당

로런스 신부 바구니를 들고 등장.

신 부 감색 눈을 한 아침이 찌푸린 밤에 보시시 웃고, 동녘 하늘의
구름을 빛줄기로 물들이고 있다. 얼룩진 어둠은 주정뱅이처럼 비틀
거리면서 태양신의 수레바퀴로 생긴 해의 길에서 흩어져 달아난다.
자아, 태양이 그 불타는 눈을 쳐들고 낮에 기운을 주어 축축한 밤이
슬을 말리기 전에 독초며 귀한 약즙이 든 꽃잎을 이 바구니에 가득
꺾어 담아야지. 자연의 어머니인 대지는 자연의 무덤이기도 하고
자연의 무덤인 그 대지는 또한 자연의 모태이기도 하지. 그리고 그
모태에서 갖가지 자식들이 태어나 다정한 대지의 젖가슴에서 젖을
빤다. 그 초목 가운데에는 훌륭한 여러 가지 약효를 지닌 것이 많고
어느 것 하나 무슨 약효를 지니지 않은 것이 없으며, 그 약효 또한

모두 다르다. 아, 나무, 풀들, 하잘것없는 그 본질 속에는 신기하고도 강력한 약효가 들어 있으니 참으로 놀랍다. 무릇 이 세상의 생물로서 아무리 해로운 것일지라도 무언가 특수한 이로움을 세상에 주지 않는 것이 없고, 아무리 좋은 것도 그 용도를 그르치면 본성에 어긋나 남용의 해를 면치 못하는 법! 덕도 잘못 쓰면 악으로 변하고, 악도 쓰기에 따라서는 선이 될 수 있다. (로미오, 등장하여 엿듣는다.) 이 가련한 꽃봉오리 속에는 독도 들어 있고 약의 힘도 들어 있다. 맡으면 몸 여러 부분이 상쾌해지지만 먹으면 모든 감각이 심장과 함께 멎는다. 초목뿐 아니라 사람의 마음속에도 미덕과 악의 두 왕이 맞서고 있어 악이 성하면 인간과 수목은 죽음이라는 독벌레에게 즉시 먹히고 만다.

로미오 (앞으로 나서며) 신부님, 밤새 안녕하셨어요?

신 부 축복을 받으시라. 이렇게 이른 아침에 정다운 목소리로 나에게 인사하는 분이 누구시오? 아, 너로구나. 이렇게 일찍 잠자리를 떠난 것을 보니 네 마음이 꽤나 괴로운가 보구나. 모든 늙은이들의 눈은 근심 걱정으로 밤을 새지. 걱정이 있는 곳엔 잠이 없게 마련이거든. 하나 정신과 마음에 상처 없는 젊은이가 온몸을 펴는 곳에는 황금의 잠이 지배하는 법이야. 그러니 이렇게 일찍 일어난 것을 보면 너는 무슨 고민으로 잠을 이루지 못한 것이 분명하다. 그렇지 않다면 우리 로미오가 간밤에 잠자리에 들지 못한 거지. 어때, 맞았지?

로미오 예, 맞습니다. 하지만 잠보다 더 달콤한 휴식을 가졌지요.

신 부 하느님 맙소사! 그럼 로절린하고 같이?

로미오 로절린요? 아닙니다, 신부님, 저는 그 이름도, 그 이름이 주는 고민도 이젠 다 잊어버렸습니다.

신 부 그것 다행이구나. 그럼 어디 가 있었느냐?

로미오 다시 물으시기 전에 말씀드리겠습니다. 실은 원수의 집 연회에 나갔었는데 어떤 자가 갑자기 저에게 상처를 입혀서 저도 그에게 상처를 주었습니다. 우리 두 사람의 치료는 신부님의 도움과 거룩한 손길에 달려 있습니다. 신부님, 저는 아무 원한도 없습니다. 보십시오, 저의 애원은 원수 편에도 약이 됩니다.

신 부 애야, 똑똑하게 말하여라. 수수께끼 같은 고해는 수수께끼 같은 용서밖에 받지 못하느니라.

로미오 그럼 똑똑히 말씀드리겠습니다. 저는 그 재산 많은 캐풀릿 씨 댁의 아름다운 따님에게 제 사랑을 바치기로 굳게 마음먹었습니다. 내가 그렇듯이 그녀도 저를 사랑하게 되었습니다. 이미 우리의 마음은 완전히 맺어졌습니다. 다만 신부님께서 이제 하느님 앞에서 저희들이 맺어지게 해 주시는 일만 남았습니다. 저희들이 언제, 어디서, 어떻게 만나 사랑을 속삭이고 맹세를 나누었는가는 가면서 얘기하겠습니다만, 부디 오늘 안으로 저희들을 결혼시켜 주겠다고 승낙해 주십시오.

신 부 아, 하느님 맙소사! 이게 웬 변화냐! 네가 그토록 사랑하던 로절린을 이렇게도 쉽사리 잊었단 말이냐? 젊은이들의 사랑은 과연 마음 속에 있지 않고 눈 속에 있나 보구나. 허, 기가 막히는구나! 너는 로절린 때문에 그 얼마나 많은 눈물로 파리한 뺨을 적셨더냐? 맛없는 사랑에 간을 하려고 얼마나 많은 소금물을 헛되이 쏟았더냐! 태양은 아직 네 한숨을 하늘에서 거두지 않았고 너의 신음 소리도 아직 이 늙은 귀에 울리고 있다. 보아라, 네 볼에는 묵은 눈물

46

자국이 아직도 지워지지 않고 남아 있지 않느냐? 네 자신에 변함이 없고 그 슬픔도 네 슬픔이었을진대, 너 자신도, 그 슬픔도, 모두 로절린 때문이 아니었더냐. 아니, 사람이 변했느냐? 이런 속담이라도 외어 보아라. 사나이도 못 믿을 세상일진대 여자의 변심쯤이야 탓할 것이 못 된다는 속담 말이야.

로미오 로절린을 사랑한다고 신부님은 일쑤 꾸짖으셨잖습니까?

신 부 사랑에 빠지지 말라고 했지. 사랑하지 말라고는 하지 않았다.

로미오 그리고 사랑을 파묻어 버리라고 하셨습니다.

신 부 그렇지만 다른 하나를 파내기 위해서 그것을 묻으라고는 하지 않았다.

로미오 제발 꾸짖지 마십시오. 이번에 제가 사랑하는 여자는 성의에는 성의로, 사랑에는 사랑으로 보답해 주는 여자입니다. 그러나 로절린은 그렇지 않습니다.

신 부 너의 사랑은 내용 없이 겉핥기로 외어대듯 하는 사랑이라는 것을 로절린은 잘 알고 있었거든. 아무튼 가자, 이 젊은 바람둥이야. 나와 같이 가자. 나도 한 가지 생각이 있으니, 너를 도와주겠다. 이 연분으로 다행히 두 집안의 원한을 진정한 애정으로 바꿀 수 있을지도 모르니까.

로미오 아, 어서 가십시다. 저는 안절부절못하겠습니다.

신 부 천천히 하는 것이 슬기로워. 급히 달리는 자는 넘어지게 마련이니라. (두 사람 퇴장)

제4장 거 리

벤볼리오와 머큐시오 등장.

머큐시오 이 로미오 녀석, 대체 어디 갔지. 간밤에 집에 안 들어왔나?

벤볼리오 안 들어왔대. 하인한테 물어 보았지.

머큐시오 그 창백하고 무정한 여자, 로절린 때문에 너무 고민하다가 끝내 미쳐 버릴지도 모르겠구나.

벤볼리오 캐풀릿 영감의 처조카 티볼트가 로미오의 집에 편지를 보냈다는군.

머큐시오 도전장일 거야, 틀림없어!

벤볼리오 로미오는 물론 응할 거야.

머큐시오 그야 글을 아는 사람이라면 편지에 답하는 것이 당연하지.

벤볼리오 그게 아니라 도전을 받은 이상 그 도전에 응하겠다는 답장을 도전장의 주인에게 보낼 것이란 말이야.

머큐시오 아, 가엾은 로미오, 그는 벌써 죽은 거나 다름없어! ──허연 계집의 새까만 눈에 찔렸지, 사랑의 노래로 귀는 꿰뚫렸지, 심장 한가운데에는 눈먼 큐피드의 화살이 박혀 있지, 이런 인간이 티볼트를 상대할 수 있겠나?

벤볼리오 아니, 티볼트가 대체 어떤 녀석인데?

머큐시오 고양이 임금보다 한술 더 뜨는 녀석이지. 아, 그 녀석, 용감한 무예의 달인이야. 악보를 보고 노래라도 부르듯이 시간과 거리와 박자를 맞춰서 싸우지. 잠깐 하나 둘 하고 쉬고, 셋에는 대뜸 가슴패기야. 비단 단추를 찌르는 데는 명수지. 굉장한 녀석이야. 칼쓰기로는 일류요, 또한 집안의 신사라 결투에도 일일이 첫째 이유, 둘째 이유를 들먹이는 인간이야. 아, 그 앞 찌르기의 묘기! 반전 뒤 찌르기! 그리고 다시 한 수!

벤볼리오 다시 뭐?

머큐시오 되지 못할 말을 괴상하게 혀짧은 소리로 떠벌이는 녀석들, 점잔을 빼며 신식 말을 지껄여대는 꼴 좀 보라지! '거참, 훌륭한 칼이외다, 참으로 훌륭하시외다! 참으로 훌륭한 창녀이외다!' 이봐, 아저씨, 정말 한탄할 일이잖아? 그런 괴상한 파리 같은 녀석들한테 우리가 이렇게 시달려야 하다니. 밤낮 유행만 쫓아다니고 같은 말이라도 외국어라야 하고 무엇이나 새것이라야 되며, 낡은 걸상에는 엉덩이가 아파 편히 앉아 있지도 못하는 인간들한테 말이야. 아, 녀석들의 외국 숭배가 이만저만이라야지!

로미오 등장.

벤볼리오 로미오가 온다, 로미오가 와!

머큐시오 알을 빼어 말린 청어 같구. 아, 어쩌면 저렇게 생선 같은 꼴이 되었나! 인간의 모습이 아냐. 저 친구 페트라르카의 시라도 짓겠다는 표정이잖아. 그의 애인 로라도 자기 애인에 비하면 부엌데기나 다름없다는 듯이──하지만 로라는 자기에게 노래불러 주는 연인을 갖거나 했지!──디도는 초라한 여자, 클레오파트라는 집시, 헬렌과 히로도 하찮은 매춘부, 푸른 눈인가 뭔가를 가졌다는 티스베 역시 명함도 내밀지 못한다는 식이야. 로미오 님, 봉주르! 네가 프랑스 식 바지를 입었으니 인사도 프랑스 식으로 해야지. 그런데 너 간밤에 우리를 톡톡히 골탕먹였지.

로미오 아, 다들 잘 있었나. 그런데 내가 무슨 골탕을 먹였지?

머큐시오 바람을 맞혔단 말이야, 바람을.

로미오 용서해 줘, 머큐시오. 워낙 중대한 일이 있었어. 이런 경우 다 소 예를 굽힐 수도 있지 않겠나.

머큐시오 그럼 자네 같은 경우 나도 억지로 무릎을 꿇어야 한다는 말이군.

로미오 절을 하라는 거로군.

머큐시오 가장 옳은 말을 했어.

로미오 가장 점잖은 해석이야.

머큐시오 이래봬도 난 점잖기론 노른자위라구.

로미오 꽃 같은 노른자위?

머큐시오 맞았어.

로미오 하긴 내 신에도 꽃무늬가 잔뜩 놓여 있지.

머큐시오 참 재미있구먼. 그럼 이런 내 익살을 따라와 봐. 네 신이 닳 아 빠질 때까지. 그때는 얄팍한 한꺼풀 신 바닥은 다 닳고 닳아도 오로지 익살만은 얄팍하게 남을 거야.

로미오 아, 한꺼풀 남은 얄팍한 익살!

머큐시오 나 좀 도와줘. 벤볼리오! 내 재치는 이제 다 떨어졌어.

로미오 채찍질을 하고 박차를 가하라고! 그렇지 않으면 결판이 났다 고 외칠 거야.

머큐시오 너하고 하는 바보 같은 기러기 경주에는 두 손 들었다. 너 는 그 기러기 같은 재치를 내가 다섯 가지 가지고 있는 지혜보다

한 가지 더 많이 가지고 있으니까. 어때, 이만하면 나도 너 못지 않은 바보지?

로미오 너야 언제나 나하고 있을 때에는 바보 소리밖에 더 하나?

머큐시오 그 따위 소리 다시 해 봐라. 귀를 깨물어 줄 테니까.

로미오 착한 기러기님, 제발 깨물지는 말아요.

머큐시오 기지 치고는 몹시 맵군. 제법 톡 쏘는 양념이야.

로미오 그렇다면 기러기 요리엔 제격이지.

머큐시오 아, 양피(羊皮) 같은 기지 좀 봐. 한 치를 한 자로 늘여놓았군.

로미오 그럼 어디 실컷 늘여 볼까? 기러기 말이 나왔으니 말인데 자네는 아무리 보아도 이 세상에 다시없는 바보 기러기라니까.

머큐시오 어때! 실연으로 끙끙 앓는 것보다는 낫잖아? 오늘은 제법인데. 이제 너다워졌어. 가문으로 보나, 천성으로 보나, 진짜 로미오로 돌아왔구나. 사랑에 갤갤거리며 뻣뻣이 세운 작대기를 구멍 속에 감추려고 혀를 늘어뜨리고 어쩔 줄 몰라 뛰어다니는 녀석은 바보지 뭐야.

벤볼리오 그만, 그만둬!

머큐시오 이만큼 기분을 돋구어 놓고 그만두라니, 내 이야긴 뭐야?

벤볼리오 그냥 뒀다간 이야기가 끝이 안 나겠는걸!

머큐시오 아, 잘못 봤어! 난 간단히 끝내려는 거야. 이제 내 이야기도 바닥이 나서 더 이상 늘어놓을 생각이 없으니까.

로미오 거 잘됐군.

유모와 피터 등장.

머큐시오 배다, 배가 온다!

벤볼리오 두 척이다, 두 척! 셔츠와 고쟁이다.

유 모 피터!

피 터 예.

유 모 내 부채 이리 줘.

머큐시오 피터, 얼른 드려라. 부채가 얼굴보다 곱거든.

유 모 안녕들 하세요, 도련님들.

머큐시오 저녁 잡수셨나요, 아름다운 부인!

유 모 벌써 시간이 되었수?

머큐시오 암요, 저 음탕한 해시계의 손이 지금 정오의 거기를 꼭 누르고 있거든요.

유 모 원, 상스럽게도! 무슨 사람이 이럴까.

로미오 아니, 부인, 이 사람은 자기 자신을 부수기 위해 태어난 사람이랍니다.

유 모 참, 농담도 잘하셔. '자기 자신을 부수기 위해' 태어났다고요? 그런데 여러분께서는 혹시 어디로 가야 로미오 도련님을 만날 수 있는지 알고 계세요?

로미오 내가 알지요. 그러나 로미오 도련님을 찾았을 때는 지금보다 더 늙어 있을 겁니다. 이 이름으론 내가 가장 젊지요. 그다지 신통하진 않지만.

유 모 재미있는 말을 하시네.

머큐시오 아니, 신통치 못하다는데 재미있다고? 참 이해를 잘하시는군. 똑똑하셔, 똑똑해.

유 모 댁이 로미오 도련님이시라면, 친히 여쭐 이야기가 있습니다.

벤볼리오 억지로 만찬에 초대할 모양이로군.

머큐시오 포주다, 포주! 자, 나왔다.

로미오 뭐가 나왔어?

머큐시오 나오기는 나왔는데 토끼가 아냐. 사순절 파이에 들어가는
토끼가 아니라, 먹기도 전에 상해 곰팡이가 핀 토끼야.

머큐시오가 걸어 나가면서 노래를 부른다.

> 곰팡이 핀 늙은 토끼
> 곰팡이 핀 늙은 토끼
> 사순절 음식으로 맛있지만
> 곰팡이 핀 토끼는
> 먹기도 전에 상하여
> 돈을 치르기에는 너무나 아까워

로미오, 집에 돌아갈 건가? 너희 집에 가서 식사나 같이 해야겠다.

로미오 나중에 갈게.

머큐시오 안녕히 가십시오, 할머니. (노래조로) '부인이여 부인이여,
부인이여.' (머큐시오와 벤볼리오 퇴장)

유 모 잘 가세요, 천박한 소리만 늘어놓고 무슨 사람이 저래. 어쩌면
저렇게도 천연덕스럽죠?

로미오 자기가 떠드는 소리를 듣기 좋아하는 사람입니다. 한 달이 걸
려도 못 다할 말을 일 분만에 다 지껄일 사람이지요.

유 모 내 욕만 했단 봐라, 가만 안 둘 테니까. 제까짓 것, 아무리 힘
이 세더라도 스무 명은 문제없어. 내가 못 당하면 해낼 사람을 불러
오지 뭐, 망할 녀석! 나를 제 노리갯감인 줄 아나 봐. 나는 그런 녀
석을 상대할 천한 여자가 아니라고요. (피터를 보고) 너도 그렇지,
어쩌자고 멀거니 보기만 하고 있는 거냐. 그녀석이 맘대로 나를 희
롱하는데.

피 터 아무도 아주머닐 맘대로 희롱하지 않았는데요. 그렇다면 벌써
번개같이 칼을 뺐지요. 싸움판이 벌어지고 우리 쪽에 잘못만 없다
면 정말 칼을 빼는 것은 남에 뒤질 내가 아니니까요.

유 모 너무도 분해서 온몸이 부들부들 떨리는구나. 망할 녀석! 한데
도련님, 아까도 말씀드렸듯이 우리 집 아가씨가 저더러 도련님을
찾아가 보라고 했어요. 도련님이 우리 집 아가씰 바보들의 천당에
라도 꾀어 가시겠다면, 세상 사람들 말마따나 그건 이만저만한 행
패가 아니죠. 우리 아가씨는 아직 젊어요. 그런 아가씨를 농락한다
면 참말로 부녀자한테 아주 못된 행패를 부리는 것이지요. 아주 비
열한 짓이고요.

로미오 아가씨께 이렇게 전해 주십시오. 유모 앞에 맹세하지만, 나
는……

유 모 예, 예, 꼭 그렇게 전할게요. 아, 우리 아가씨가 얼마나 기뻐하
실까!

로미오 아니, 대체 뭐라고 전하겠다는 겁니까? 내 말은 아직 듣지도
않고서.

유 모 제가 보기에 도련님은 참 신사답게 맹세하시더라고 전하죠.

로미오 자, 이렇게 전해 주십시오. 오늘 오후 어떻게 해서든지 참회

식에 나오면 로런스 신부님의 본당에서 참회식을 마치고 난 다음 곧바로 결혼식을 올리겠다고요. 자, 받아요. 이건 수고비입니다.

유 모   아녜요, 한 푼도 받지 않겠어요.

로미오   자아, 받아 두십시오.

유 모   오늘 오후라고 하셨죠? 네, 꼭 그렇게 전하겠어요.

로미오   그리고 유모는 성당 담 뒤에서 기다려 주십시오. 한 시간 안으로 내 하인이 사다리같이 얽은 줄을 가지고 갈 것입니다. 밤중에 은밀히 나를 행복의 절정으로 올려 줄 사다리입니다. 그럼 안녕히 가십시오. 잘 부탁합니다. 사례는 하지요. 아가씨께 안부 전해 주십시오.

유 모   하느님의 축복이 있으시기를! 그런데 도련님…….

로미오   왜 그러십니까, 유모?

유 모   도련님 하인은 믿을 수 있나요? 속담에도 두 사람의 비밀은 새지 않지만 세 사람의 비밀은 샌다잖아요.

로미오   걱정 마십시오. 내 하인은 강철처럼 믿을 수 있는 사람이니까.

유 모   그런데 우리 집 아가씬 정말 귀여운 처녀랍니다. 정말이지 아가씨가 아직도 아기였을 때——아 참, 이 도시의 귀족 패리스라는 양반이 아가씨한테 홀딱 반해 있지만, 귀엽게도 아가씬 그 양반을 보느니 차라리 두꺼비를——바로 그 두꺼비를 보는 게 낫겠다고 하잖겠어요? 나는 가끔——패리스 님이 더 미남이 아니냐고 말해서 아가씨를 화나게 만든답니다. 그런 말만 하면 이건 어찌된 셈인지, 얼굴이 하얀 천처럼 새하얘지고 마는 거예요. 그런데 로즈메리와 로미오는 같은 글자로 시작되는 게 아닌가요?

로미오 그런데, 그건 왜 묻지요? 둘 다 R로 시작되지요.

유 모 어머 농담을 다! 그건 개 이름인데. R자는 저…… 아냐, 저 뭐 다른 글자로 시작할 거야. 나도 알지. 한데 아가씨는 도련님의 이름 자와 로즈메리 꽃을 붙여서 훌륭한 글귀를 지었죠. 그걸 꼭 한번 들어 보세요.

로미오 그럼, 아가씨께 안부 전해 주십시오.

유 모 예, 천 번이라도 전하죠. (로미오 퇴장) 이봐, 피터!

피 터 예.

유 모 앞서거라, 어서 가자. (두 사람 퇴장)

제5장 캐퓰릿 댁 정원

줄리엣 등장.

줄리엣 유모가 나갈 때가 아홉시였지. 삼십 분 뒤면 꼭 돌아오겠다고 했는데. 혹시 그이를 만나지 못한 건 아닐까? 그렇지 않을 거야. 아, 절름발이 같은 유모! 사랑의 심부름꾼은 역시 사랑의 화살이 해야 틀림없는 것을. 사람의 마음은 어두운 산 저편으로 그림자를 몰아내고 달리는 햇빛보다 열 배나 빠르잖은가. 그러기에 날개가 가벼운 비둘기가 수레를 끌고, 큐피드에겐 바람처럼 빠른 날개가 있는 거야. 이제 태양은 하룻길의 맨 꼭대기에 올라가 있고 아홉시부터 열두시까지는 벌써 세 시간이나 지나갔는데, 아직도 유모는 돌아오지 않고 있어. 유모도 애정과 끓는 젊은 피를 가졌다면 공처럼 재빨리 움직이며 나의 말로 사랑하는 그이에게 날아가고, 그의 말로 다시 나에게로 날아오고 할 것을. 그런데 늙은 사람들은 대개가 죽은 이처럼──다루기 힘들고 느리고, 둔하고, 납처럼 창백하거든. (유모와 피터 등장) 어머나, 돌아왔어! 아, 착한 유모. 소식은? 그이를 만났어? 그 사람은 좀 나가 있으라고 해요.

유 모 피터, 넌 문에서 기다려라. (피터 퇴장)

줄리엣 자, 착한 유모──아니, 왜 그렇게 슬픈 얼굴빛이지? 슬픈 소식이라도 기쁘게 이야기해 줘. 좋은 소식도 그렇게 슬픈 얼굴로 이야기해서야 음악처럼 달콤한 소식을 망치잖겠어?

유 모 아, 고단해. 잠깐만 내버려둬요. 원, 뼈마디가 왜 이렇게 아픈지! 무던히 뛰어다녔네.

줄리엣 내 뼈를 대신 주겠으니 어서 소식을 전해 줘. 자 얼른 말해 봐요. 착한 유모, 얼른.

유 모 맙소사, 성미도 급하셔라! 잠시만 기다리세요. 내가 이렇게 숨이 찬 것도 모르시겠어요?

줄리엣 숨이 차다고 말할 숨이 있으면서 어떻게 숨이 차요? 미적미적 변명하는 시간이 대답하는 시간보다 더 기네. 좋은 소식이야, 나쁜 소식이야? 어서 대답해 봐요. 가부간 말 좀 해 봬요. 딴 이야기는 나중에 들어도 좋으니, 어서 궁금증을 풀어 달라니까. 좋아, 나빠?

유 모 글쎄요. 아가씨는 어리석은 선택을 했어요. 아가씬 남자를 고를 줄 모르셔. 로미오라고요? 안 돼요, 그 사람은. 얼굴은 누구에게도 안 빠지고, 다리도 누구보다도 잘 빠졌지만, 그리고 손발과 몸도 말할 나위 없지만, 그래도 역시 어디다 비할 바가 없어요. 예의 범

절의 꽃이라고는 할 수 없어도 참말로 어린 양처럼 얌전하더군요. 아가씨, 어서 가서 하느님께 열심히 기도드려요. 그래 점심은 드셨어요?

줄리엣 아니, 아직. 그런 이야기는 나도 다 알고 있어. 우리 결혼 말이야, 그이가 뭐라고 했어, 응? 뭐라고 하더냐고?

유 모 아이구 골치야! 웬 골치가 이럴까? 스무 조각이라도 난 것처럼 골치가 아프군. 그리고 또 내 등——아이구, 등이야. 아이구, 아파라! 내참, 아가씨 심부름하느라고 이곳 저곳 뛰어다니다가 죽게 생겼네.

줄리엣 편찮다니 미안해요. 내가 가장 좋아하는 착한 유모, 그이가 뭐라고 하셨지?

유 모 아가씨의 연인은 참 솔직하고 신사답게 말씀하시데요. 얌전하고, 친절하고, 미남이고, 예의바르고, 양가의 자제다워요——그런데 어머님은 어디 계시죠?

줄리엣 어머님이 어디 계시냐고? 안에 계시지 뭐. 다른 데 어디 계실라고! 대답도 참 이상하네. '아가씨의 연인은 참 솔직하고 신사답게 말씀하시데요. 어머님은 어디 계시죠?'라니.

유 모 아이구, 맙소사! 그렇게도 몸이 달으시나? 아니, 어찌 된 거예요. 이게 내가 뼈마디 쑤시는 데 대한 약인가요? 앞으로 아가씨 심부름은 아가씨가 하세요.

줄리엣 어지간히 수선 떨고 있네. 그래, 로미오 님이 뭐라고 하셨어?

유 모 아가씨는 오늘 참회식에 나갈 승낙을 얻어 놓았나요?

줄리엣 응.

유 모 그럼 얼른 로런스 신부님의 본당으로 가 보세요. 거기 아가씨를 아내로 삼을 서방님이 기다리고 계실 테니까. 저것 봐요, 벌써 두 볼이 붉게 물드네. 그 볼은 무슨 말만 들어도 금방 빨개지거든. 얼른 성당으로 가 보세요. 난 줄사다리를 가지러 다른 길로 가 봐야 겠어요. 아가씨의 서방님은 어두워지면 그 줄사다리를 타고 새의 보금자리로 올라오시게 돼요. 난 아가씨를 기쁘게 해드리기 위해선 어떤 고생도 마다 않겠어요. 하지만 곧 밤이 되면 아가씨가 책임져 야 해요. 어서 가세요. 난 뭘 좀 먹어야겠어요. 얼른 본당으로 가 보 세요.

줄리엣 행복 찾아 어서 가자! 착한 유모, 안녕.

제 6 장 로런스 신부의 본당

신부와 로미오 등장.

신 부 하느님, 이 거룩한 식을 축복해 주시고, 뒷날 슬픔으로 우리를 나무라지 마옵소서.

로미오 아멘, 아멘. 그러나 슬픔이여, 오려거든 오라. 어떤 슬픔이 닥 쳐오더라도 그녀를 보는 순간 서로가 나누는 기쁨에는 당하지 못하 리라. 신부님, 거룩한 말씀으로 저희들의 손을 맞잡게 해 주십시오. 그런 다음 사랑을 잡아먹는 죽음보고 무슨 짓이고 하라지요. 그녀 를 내 것이라 부르게만 된다면 그것으로 족하니까요.

신 부 그와 같이 격렬한 기쁨은 격렬하게 끝날 것이며, 불과 화약이 닿자마자 폭발하듯 승리의 순간에 죽는 법. 지나치게 단꿀은 달기 때문에 도리어 역겹고, 그 맛을 보면 입맛을 잃는다. 그러니 사랑은 적당히 해야 한다. 그래야 그 사랑이 오래 간다. 너무 서둘면 천천히 가는 것보다 오히려 더디니라. (줄리엣 등장) 아가씨가 오는구나. 아, 저토록 가뿐한 걸음걸이라니, 저 단단한 바닥돌이 조금도 닳지 않겠구나! 사랑을 하는 자는 여름날 바람에 하늘거리는 거미줄 위를 걸어도 안 떨어진다는데, 사랑이란 그렇게도 헛되고 가벼운 것일까!

줄리엣 신부님, 안녕하세요?

신 부 로미오가 우리 둘 몫의 인사를 할 테지.

줄리엣 그럼, 로미오 님도 안녕하세요? 그렇지 않으면 로미오 님의 인사가 너무 많을 거예요.

로미오 아, 줄리엣. 당신과 나의 기쁨의 양은 같더라도 그 표현에 있어 당신이 위라면, 제발 당신의 호흡으로 우리 주위의 공기를 향기롭게 해 주십시오. 그리고 지금 이렇게 즐거이 만나 서로가 나누는 꿈 같은 행복을 풍요한 음악 같은 당신의 말로 표현해 주십시오.

줄리엣 말보다 내용이 충실한 생각은 겉치레보다 실속을 자랑하는 거예요. 가난한 사람만이 가진 재산을 헤아릴 수 있어요. 저의 참된 사랑은 너무나 커서 그 절반도 헤아릴 수 없어요.

신 부 자, 나와 함께 가서 어서 일을 마치자. 좀 안된 이야기다만, 성당이 두 사람을 하나로 맺어 주기 전에는 너희들끼리만 놔둘 수가 없구나. (모두 퇴장)

제 3 막

제1장 베로나 광장

머큐시오, 벤볼리오, 그리고 하인들 등장.

벤볼리오   제발, 머큐시오, 우린 이제 돌아가자. 날씨는 무덥고, 캐풀 릿네 것들이 나다니고 있어. 마주치면 싸움을 피하지 못할 거야. 이렇게 더운 날씨엔 피도 미칠 듯이 끓을 테니까.

머큐시오   술집에 들어서자 칼을 테이블 위에 내던지며 '너 같은 건 필요 없다' 하고서는 두 잔째 술이 돌자마자 그야말로 필요도 없이 칼을 빼는 지기 있는데, 네기 비로 그런 사람이그니.

벤볼리오   내가 그런 자와 같다고?

머큐시오   이봐, 이봐, 이 이탈리아 천지에 너처럼 화 잘내는 친구도 없지. 금방 성이 나서 발끈하고, 금방 발끈해서 성을 내거든.

벤볼리오   무엇에 말이야?

머큐시오   무엇이고간에 너 같은 친구가 둘만 있다면 맞잡이일 테니 곧 둘다 없어지고 말 거야. 너 같은 자는 말이야, 상대편 턱수염이 너보다 털이 하나 더 많다고, 또는 하나 더 적다고 시비를 걸 것이고, 호두 까는 사람만 봐도 네 눈알이 호두 같다는 이유만으로 승강이를 벌일 거야. 그런 눈이 아니고서야 어디 그런 시비를 캐낼 수 있나? 네 머린 달걀의 속이 가득 차 있듯이 싸움할 생각만 가득 차 있는데다가, 싸울 때마다 얻어맞아 곪은 달걀처럼 터져 있단 말이야. 언젠가도 거리에서 누가 기침을 해서 햇볕에 졸고 있는 너의 개를 깨웠다고 그자와 싸웠겠다! 너는 또 재봉사가 부활제 전에 새 옷을 맞춰 입었다고 시비하지 않았나? 또 누구하곤 새 신에 헌 끈을 맸다고 싸웠지. 그리고서도 나더러 싸우지 말라고 설교를 해!

벤볼리오 내가 너처럼 싸우기 좋아한다면, 그리고 누가 만일 내 생명을 산다면, 한 시간 십오 분도 안 갈걸.

머큐시오 네 생명을 사? 바보 같은!

티볼트와 그 밖의 사람들 등장.

벤볼리오 저것 봐, 캐풀릿네 것들이 온다.

머큐시오 그렇군. 올 테면 오라지.

티볼트 내 뒤에 바짝 따라와. 저것들한테 말을 건네 볼 테니까. 여러분, 안녕하시오! 자네들 가운데 어느 분하고 한마디 이야기를 나누고 싶은데.

머큐시오 우리들 가운데 누구하고 이야기를 나누고 싶어? 말의 짝을 좀 채우지 그래. 한마디와 한바탕이라고 말이야.

티볼트 자네들 쪽에서 기회를 마련해 준다면야. 그냥 물러설 나도 아니지.

머큐시오 이쪽에서 마련해 주지 않더라도 그쪽에서 마련할 수 없나?

티볼트 머큐시오, 너 로미오 놈하고 뭉쳐 다닌다지?

머큐시오 뭉쳐 다녀? 우리를 거지 악사 패거리인 줄 아나? 그래, 거지 악사로 봐도 좋다. 그렇다면 시끄러운 불협화음을 들려 주마. 자, 춤을 추게 해 주지. 제기랄, 뭉쳐 다닌다고?

벤볼리오 여기는 사람이 많이 모이는 큰길이야. 어디 조용한 곳에 가서 자네의 불만을 차분히 따지든지, 아니면 이대로 그냥 헤어지든지 하세. 사람들의 눈이 모두 우리를 지켜보고 있네.

머큐시오 사람의 눈은 보라고 달려 있는 거야. 마음대로 보라지. 난 남의 비위를 맞추자고 물러설 생각은 없어.

로미오 등장.

티볼트 자, 자네와는 화해하겠다. 저 녀석이 나타났으니.

머큐시오 건방진 소리! 로미오가 언제 네 종놈 옷이라도 입었더냐? 어서 앞장서서 결투장으로 나가 보시지. 그러면 로미오가 따라갈 테니까? 그렇게 해야지만 로미오를 저 녀석이라고 부를 수 있겠지.

티볼트 로미오, 내가 네놈에게 아첨한다 해도 이보다 더 좋은 말은 할 수 없을 거다. 너는 악당이다.

로미오 티볼트, 나는 자네를 아껴야 할 까닭이 있어서 그 무례한 인사에도 화를 낼 수 없네. 나는 악당이 아니야. 그러니 잘 가게. 자네는 나를 잘 모르는 것 같아.

티볼트 야, 그걸로 네가 나한테 준 모욕이 씻어질 줄 아느냐? 이쪽으로 돌아서서 칼이나 뽑아라.

로미오 분명히 말하지만 나는 자네를 모욕한 적이 없어. 오히려 나는 자네가 상상도 못할 만큼 자네를 사랑한다고. 그 까닭은 차차 알게 될 거야. 또한 캐풀릿이라는 이름부터가 내 이름만큼이나 소중하게 여겨진다네. 그만 진정하게.

머큐시오 뭘 그토록 얌전하고 비굴하게 비위를 맞춰? 한방이면 끝장 날텐데. 티볼트, 이 쥐잡이야. 기어나와 보겠단 말이냐?

티볼트 날 어떡하자는 건가?

머큐시오 이 고양이족의 임금아, 네 아홉 개의 생명 가운데에서 하나 만을 갖자는 거다. 앞으로 네 태도에 따라서 나머지 8개의 생명마 저 때려잡을 테다. 칼날의 밑을 쥐고 칼집에서 칼을 뽑아 보겠나? 어서 해라. 안 하면 이 칼이 네놈 귀밑으로 날아간다.

티볼트 좋다, 상대해 주마. (칼을 뺀다.)

로미오 이봐, 머큐시오. 칼을 치워.

머큐시오 자, 덤벼라. 찌르는 솜씨 좀 보자. (둘이 싸운다.)

로미오 벤볼리오, 칼로 저 친구의 칼을 쳐서 떨어뜨려. 창피하잖나. 여러분! 이런 난폭한 짓을 하면 안 돼! 티볼트, 머큐시오, 베로나 거리에서 이런 소동을 벌이지 말라고 영주님이 엄명하셨다. 그만해라, 티볼트! 머큐시오! (티볼트, 로미오의 팔 밑으로 머큐시오를 찌르고 달아난다.)

머큐시오 난 다쳤다. 너희들 두 집안 다 망해 버려라! 난 가망이 없어. 그놈은 달아나 버렸다, 상처도 안 입고.

벤볼리오 뭐 다쳤어?

머큐시오 그래, 긁혔어, 살짝 긁혔어. 그래도 무시 못할 상처야. 내 시동은 어디 있나? 이놈아, 가서 빨리 의사를 모셔 와라. (시동 퇴장)

로미오 머큐시오, 기운을 내. 상처는 대단찮아.

머큐시오 그래, 샘만큼 깊지 않고 교회 문만큼 넓지야 않지. 하지만 상처치곤 큰 걸세. 증세가 나타날 거야. 내일 나를 찾아 봐. 점잖게 무덤 속에 있을 거야. 그래, 마침내 이 세상도 하직이다. 두 집안 다 망해 버려! 제기랄, 개가, 쥐가, 새앙쥐가, 고양이가, 사람을 할퀴어 죽이나? 수학책을 들여다보듯 하면서 칼싸움질하는 허풍선이, 악당, 왈패 녀석 같으니. 너는 어쩌자고 그 사이에 뛰어들었지? 난 네 팔 밑으로 찔렸어.

로미오 난 단지 싸움을 말리려던 것이었어.

머큐시오 벤볼리오, 어디 집 안으로 날 좀 데려다 줘. 기절할 것 같아. 두 집안 다 망해 버려라! 그놈들이 나를 이 지경으로 만들어 버렸어. 나는 다쳤어. 그것도 꽤 크게. 네놈들 두 집안 다! (벤볼리오가 그를 부축해서 나간다.)

로미오 영주님의 친척이자 내 친한 친구인 머큐시오는 나 때문에 저렇게 치명상을 입었다——내 명예도 티볼트의 욕설로 흐려져 버렸다——한 시간 전에 내 처족이 된 티볼트인데. 아, 줄리엣, 당신의 아름다움이 나를 나약하게 만들고 강철 같은 나의 용기를 무디게 해 놓았구나!

벤볼리오 등장.

벤볼리오 아, 로미오, 로미오, 용감한 머큐시오는 죽었다! 그 늠름한 영혼은 너무나 일찍 이 세상을 비웃고 구름을 동경하여 올라가 버렸다.

로미오 오늘의 불행은 두고두고 화근이 되겠구나. 이것은 재앙의 시작. 하지만 재난도 반드시 끝이 오고 말리라.

티볼트 다시 등장.

벤볼리오 티볼트가 불같이 화가 나서 돌아온다.

로미오 머큐시오를 죽이고도 살아서 의기양양해하는구나! 관용이고 뭐고 다 하늘에 팽개치고 이제부터는 눈에서 불을 뿜는 분노에 몸을 맡기련다. 자, 티볼트, 아까 너는 나를 '악당'이라고 불렀지? 자, 도로 찾아가거라. 머큐시오의 영혼은 우리 머리 위에서 너와 같이 가려고 기다리고 있다! 너 아니면 내가, 또는 둘 다 그를 따라가리라.

티볼트 이 풋내기야. 이 세상에서 네가 그놈과 잘 어울려 다녔으니, 저승에도 같이 가거라.

로미오 그것은 이 칼이 정해 줄 거다. (둘이 싸우다 티볼트 쓰러진다.)

벤볼리오 로미오, 어서 피해! 사람들이 웅성거리기 시작했어. 티볼트는 쓰러졌어. 멍하니 서 있지 말고. 체포되면 영주가 사형을 내릴 거야. 어서, 달아나!

로미오 아, 나는 운명에 희롱당하는 바보로구나.

벤볼리오 뭘 꾸물거리고 있어? (로미오 퇴장)

시민들 등장.

시 민 머큐시오를 죽인 녀석은 어디로 도망쳤나? 살인자 티볼트는 어디로 도망갔느냐?

벤볼리오 저기 누워 있소.

시 민 이봐, 일어나서 같이 가자. 영주님의 이름으로 명령한다.

영주, 몬터규, 캐풀릿, 이들의 부인들, 시민들 등장.

영 주 이 소동을 먼저 일으킨 못된 녀석은 어디 있느냐?

벤볼리오 오, 영주님. 이 무서운 싸움의 불행한 자초지종을 제가 말씀드리겠습니다. 저기 쓰러져 있는 자는 로미오가 죽였습니다. 그리고 저자가 영주님의 친척인 용감한 머큐시오를 죽였습니다.

캐풀릿 부인 티볼트, 내 조카! 아, 오빠의 아들! 아, 영주님. 아아, 조카야! 여보, 우리 일가의 피가 쏟아졌어요. 공정하신 영주님, 우리의 피값으로 몬터규네 피도 쏟아 주세요. 아, 티볼트야, 티볼트야!

영 주 벤볼리오, 이 피비린내 나는 싸움을 누가 먼저 시작했느냐?

벤볼리오 여기 쓰러져 있는 티볼트입니다. 그는 로미오의 손에 죽었습니다. 로미오는 싸움이란 쓸데없는 짓이라며 점잖게 타이르고 간곡히 말렸습니다. 상냥한 말과 부드러운 낯빛으로 무릎을 꿇어 가며 빌렸지만 그런 화해의 말에는 귀기울이지 않고 막무가내로 덤벼드는 티볼트의 분노를 가라앉히지는 못했습니다. 그리고 갑자기 티볼트는 예리한 칼로 용감한 머큐시오의 가슴에 일격을 가했습니다. 역시 흥분한 머큐시오도 칼을 빼들고 비웃으면서 한손으로 싸늘한 죽음의 칼날을 쳐내고, 다른 손으로 티볼트를 찔렀습니다. 티볼트도 여간한 솜씨라 그 칼 끝을 피했습니다. 이때 로미오가 '그만해라! 친구들아, 친구들아, 그만 떨어져!' 하고 날쌘 팔로 그들의 필사적인 칼끝을 쳐내리고는 그들 사이에 뛰어들었습니다. 이때 로미오의 팔 밑으로 티볼트의 흉측한 칼이 늠름한 머큐시오에게 치명적인 일격을 준 것입니다. 티볼트는 달아났다가 곧 되돌아왔는데, 이제 로미오도 복수심에 불타 올라 두 사람은 번개처럼 맞붙어 싸웠습니다. 그리하여 제가 칼을 빼들고 말릴 겨를도 없이 티볼트는 쓰러지고 로미오는 돌아서서 이 자리를 떠났습니다. 이상이 진상입니다. 거짓이 있다면 이 벤볼리오를 죽이십시오.

캐풀릿 부인 이 사람은 몬터규 집안 사람이에요. 인정으로 그편을 두둔해서 거짓 진술을 하고, 결코 사실을 말하지 않습니다. 영주님, 부디 공정하게 판결해 주십시오. 로미오는 티볼트를 죽였으니, 그를 살려 둘 수 없습니다.

영　주 로미오는 티볼트를 죽였고, 티볼트는 머큐시오를 죽였소. 그럼 머큐시오의 값진 피의 대가는 누가 치를 것인가?

몬터규 그것은 로미오가 아닙니다. 영주님, 로미오는 머큐시오의 친구였습니다. 로미오가 티볼트를 죽인 것은 잘못이었지만, 그는 법률이 처단할 일을, 티볼트의 목숨을 끊는 일을 대신했을 뿐입니다.

영　주 그럼 그 죄로 당장 로미오를 추방한다. 그대들 두 집안의 갈등에 나까지 말려들어서 그 어리석은 싸움 때문에 이렇게 우리 일가의 피까지 흘리게 하고 말았다. 이제 그대들 모두 내 손실에 대해 후회할 엄벌을 내릴 것이다. 간청이나 변명 따위는 일체 듣지 않을 것이다. 울고 빌어도 용서하지 않을 것이니 그런 수작은 아예 하지 말아라. 곧바로 로미오를 여기서 추방하여라. 그렇지 않고 만약 들키는 날이면 그것이 마지막인 줄 알아라. 이 시체는 치우고 내 처분을 기다려라. 살인자를 용서하는 너그러움은 살인을 부추기는 것과

같으니라. (모두 퇴장)

제2장 캐퓰릿 댁 정원

줄리엣 등장.

줄리엣 훨훨 타는 불의 발을 가진 망아지들아, 어서 태양신의 잠자리로 달려가라! 그 신의 아들 페이톤 같은 마부라면 너희들을 채찍질하여 서쪽으로 몰아서 당장에 캄캄한 밤을 가져다 주련만. 사랑을 이루는 밤의 어둠이여, 빈틈없는 장막을 둘러쳐 다오. 떠돌이의 눈이 가려져서 로미오가 남의 눈에는 띄지 않고 남의 입에도 오르내림이 없이 곧장 이 가슴에 뛰어들 수 있도록. 연인들은 그들의 아름다움을 등불삼아 사랑을 영위할 수 있다. 만일 사랑이 맹목이라면 밤의 어둠이 가장 안성맞춤이지. 점잖은 밤이여, 노부인처럼 검은 옷을 수수하게 차려 입은 밤이여, 순결한 처녀와 총각이 씨름하여 이기고도 지는 법을 좀 가르쳐 다오. 이 볼에 울렁이며 가볍게 떨리는 순정의 피를 너의 검은 망토로 가려 나오. 그러면 지금은 수줍은 사랑도 대담해져서 참된 사랑의 영위를 정말 아무렇지 않게 여기게 되겠지. 어서 와다오. 밤이여, 어서 와다오! 밤의 날개를 타고 오는 당신은 까마귀 등 위에 갓 내린 눈보다 더 흴 테지. 어서 와다오, 부드러운 밤이여. 나의 로미오 님을 데려다 다오. 그리고 그이가 죽으면 데리고 가서 작은 별님으로 만들어 다오. 그러면 하늘이 참으로 아름답게 빛날 것이고, 그리하여 온 세계는 밤과 사랑을 하여 저

찬란한 태양을 숭배하지 않게 되겠지. 아, 나는 사랑의 집을 사 놓고도 살아 보지 못하는구나. 오늘 낮은 왜 이다지 길까? 명절날 밤에 새 옷을 받아 놓고서도 입어 보지 못하는 어린애처럼 안타깝구나. 어머나, 유모가 돌아오네. (유모가 줄사다리를 들고 등장) 무슨 소식을 가지고 왔을 거야. 누구든 로미오의 이름만 말해 주어도 그 혀는 하늘 위의 말을 전하는 것과 다름없어. 자, 유모, 무슨 소식을 가지고 왔어? 들고 온 건 뭐지? 그이가 들고 가라고 준 사다리야?

유 모　끔찍해! 그이가 죽었어요. 그이가 죽었어요. 그이가! 우린 이제 다 틀렸어요. 아가씨, 이제 다 틀렸어요! 아아, 그이가 세상을 떠났어요. 살해당했어요. 죽었어요!

줄리엣　설마 하늘이 그렇게 무정할 수 있을까?

유 모　하늘은 그럴 수 없어도, 로미오는 그럴 수 있었지요. 아, 로미오, 로미오! 그렇게 될 줄을 누가 상상이나 했겠어요. 로미오, 글쎄!

줄리엣　망할 유모, 나를 이렇게 괴롭힐 수 있어? 그런 잔인한 말은 어두운 지옥에나 가서 떠들어요. 그래, 로미오가 자살이라도 했어? 그렇다면 '예'라고 대답해 봐. '예'라는 그 한 마디가 나에게는 단번에 사람을 죽인다는 코카트리스 독사보다 더 무서운 독이 될 것이니. 만일 그이의 두 눈이 감겨져 '예'라고 대답한다면 난 이제 내가 아닐 거야. 그러니까 그이가 죽었다면 '예' 하고, 그렇지 않으면 '아니'라고 해요. 그 짤막한 한 마디로 내 앞날의 운명이 결정되니까.

유 모　나는 상처를 보았어요. 그 남자다운 가슴에서, 아, 끔찍해라! 내 눈으로 보았어요. 불쌍한 시체, 가엾게도 피에 젖은 시체, 잿빛처럼 창백해지고 온통 피투성이가 되어 온몸에 피가 말라붙어 있었어요. 난 그걸 보고 기절할 뻔했어요.

줄리엣 아, 이 가슴아, 터져라! 가엾은 파산자야. 당장 터져 버려라! 이 눈은 감옥으로 가서 다시는 자유를 보지 말아라! 더러운 흙 같은 이 육체는 흙으로 돌아가서 삶의 율동을 멈추어라. 그리하여 로미오와 함께 하나의 관을 무겁게 만들어라!

유 모 아, 티볼트, 티볼트, 나의 가장 친한 친구! 얌전하고 착한 티볼트, 내가 살아남아 그의 죽음을 보게 되다니!

줄리엣 아니, 별안간 거꾸로 부는 폭풍은 뭐예요? 로미오는 살해되고 티볼트는 죽었다고? 나의 가장 사랑하는 오빠와 그보다 더 사랑하는 남편이? 그렇다면 나팔아, 최후의 심판을 알려라? 두 분이 없는 세상에 내가 어찌 살 의욕을 갖는단 말이냐!

유 모 티볼트는 세상을 떠났고, 그를 죽인 로미오는 추방당했어요.

줄리엣 오, 맙소사, 로미오의 손이 티볼트의 피를 흘리게 했단 말이야?

유 모 그래요! 그렇답니다.

줄리엣 아, 꽃 같은 얼굴에 감춰진 독사의 마음, 무서운 용이 그렇게도 아름다운 동굴 속에 산 적이 있었을까? 아름다운 폭군! 천사 같은 마귀! 비둘기 깃을 가진 까마귀! 늑대같이 탐욕스런 양새끼! 겉보기와는 정반대의 야비한 속성! 저주받은 성자! 고결한 불한당! 아, 자연이여, 너는 이 세상의 낙원 같은 그 아름다운 육체 속에 악마의 혼을 깃들게 하였으니, 지옥에서는 대체 무엇을 하고 있느냐? 그토록 아름다운 장정에 그렇게도 추악한 내용을 담은 책이 일찍이 있었던가. 아, 그토록 호화로운 궁전에 그런 거짓이 살 줄이야!

유 모 남자는 신용도 명예심도 없고, 믿을 수도 없어요. 모든 맹세는 거짓이고, 모든 맹세는 안 지키고, 모두 진실하지 않고 위선자거든

요. 그런데 하인 녀석은 어디 갔지? 술 좀 다오. 이런 비탄과 불행
과 슬픔 때문에 내가 늙는다니까. 로미오란 녀석, 망신이나 당해라!

줄리엣 그런 악담하는 유모의 혓바닥이나 썩으려무나! 그이는 그런
수치를 당할 분이 아니에요. 그이의 이마에는 수치가 부끄러워서
감히 앉지도 못해요. 그것은 천하를 홀로 다스리는 군주의 명예가
왕좌로 쓰기에 알맞은 옥좌예요. 아, 몹쓸 내가 어쩌자고 그이를 책
망했을까?

유 모 그럼 아가씬 외사촌 오빠를 죽인 그 사람을 좋게 말하겠어요?

줄리엣 그럼, 내 남편인 그이를 내가 욕해야 하는 거야? 아, 가엾은
나의 낭군. 세 시간 전에 당신의 아내가 된 내가 당신의 이름을 더
럽혀 놓았으니 무슨 말로 그것을 회복시킬 수 있을까? 하지만 나쁜
사람, 무엇 때문에 외사촌 오빠를 죽였어요? 그러나 그렇지 않았더
라면 못된 오빠가 로미오 님을 죽였을지도 모르지! 눈물아, 그만 네
본디의 우물로 돌아가거라. 네가 흘려야 할 눈물방울은 본디 슬픔
을 위한 것, 그것을 잘못 알고 기쁨에 바치고 있구나. 티볼트가 죽
일 뻔한 내 남편은 살고, 내 남편을 죽일 뻔한 티볼트 오빠는 죽었
어. 이건 기쁨인데 어쩌자고 내가 울지? 티볼트의 죽음보다 나쁜
한 마디가 나를 죽인 거야. 그 한 마디를 잊어버렸으면. 그러나 아,
죄지은 마음은 무서운 죄악이 자책하듯, 그 한마디가 내 머리 속에
붙어다니는구나. '티볼트는 죽고 로미오는 추방되었어요.' 그 '추방
되었다'는 한 마디는 만 명의 티볼트를 죽인 것이나 다름없는 것.
티볼트의 죽음은 그것만으로도 안된 죽음이지만, 쓰라린 슬픔이 벗
을 좋아하여 다른 슬픔과 꼭 짝을 지어야 하겠다면 '티볼트가 죽었
다'고 유모가 말했을 때 왜 아가씨의 아버님이라든가 어머님이라든

가, 아니면 두 분 모두라는 말이 뒤따르지 않았을까? 그랬으면 흔히 있는 비탄만으로 그칠 게 아니야. 그러나 티볼트가 죽었다는 말 끝에 '로미오는 추방되었다' 했으니, 그런 말은 아버지도, 어머니도, 티볼트도, 로미오도, 줄리엣도 모두 죽임을 당하고 모두 죽었다고 하는 것과 다름없어. '로미오는 추방되었다'——이 한 마디가 뜻하는 죽음의 무서움에는 밑도끝도없고, 한계도 양도 없어. 그런 슬픔을 달리 표현할 말이라곤 없어. 그런데 유모, 아버지와 어머니는 어디 계시지?

유 모 티볼트 님의 시체를 붙들고 울고 계세요. 가 보시겠어요? 데려다 드릴게요.

줄리엣 두 분은 오빠의 상처를 눈물로 씻으려나 보군. 두 분의 눈물이 마르거든 내 눈물은 로미오의 추방을 슬퍼하며 흘리겠어. 그 줄사다리는 치워 줘. 가엾은 줄사다리, 너와 나는 속았구나. 로미오 님은 추방되셨단다. 그이는 너를 내 침실로 통하는 통로로 만드셨지만 나는 처녀 과부로 죽을 거야, 줄사다리야. 자, 유모, 나는 신방으로 가겠어. 그리고 로미오가 아닌 죽음에 내 처녀를 바치겠어.

유 모 아가씨, 어서 방으로 가요. 내가 로미오 님을 찾아서 아가씨를 기쁘게 해 드릴게요. 그분이 게실 만한 곳을 잘 알고 있어요. 아시겠어요? 아가씨의 로미오 님은 틀림없이 오늘 밤 여기 오시게 돼요. 그분한테 갔다올게요. 그분은 로런스 신부님의 본당에 숨어 계실 거예요.

줄리엣 아, 그이를 찾아 줘! 그리고 그이께 이 반지를 드리고 마지막 작별을 하러 꼭 오시라고 전해 줘. (두 사람 퇴장)

제3장 로런스 신부의 본당

신부 등장.

신 부 로미오, 이리 나오너라. 자, 이리 나오너라. 겁에 질린 사람아, 재앙이 네 재간에 반했다고나 할까, 넌 재앙과 인연을 맺었구나.

로미오 등장.

로미오 신부님, 무슨 소식이 있습니까? 영주님의 선고는 어떻게 됐습니까? 제가 아직 모르는 어떤 슬픔이 저와 사귀고 싶어하고 있습니까?

신 부 너는 그런 슬픔과 너무도 깊이 사귀어 왔어. 영주님의 선고는 알아왔다.

로미오 영주님의 선고는 사형말고는 없겠지요.

신 부 그보다 너그러운 판결을 영주님은 내리셨어. 사형이 아니라 추방이야.

로미오 아니, 추방이요? 제발 자비롭게 '사형'이라고 말씀해 주십시오. 추방은 사형보다도 훨씬 더 무섭습니다. 제발 추방이라는 말씀은 하지 말아 주십시오.

신 부 이 베로나에서 추방된 거야. 참아라, 세상은 넓고 크니라.

로미오 베로나 성 밖에는 세상이 없고 오직 연옥(煉獄)과 고문과 지옥이 있을 뿐입니다. 이곳에서의 추방은 세상에서의 추방이고, 세상에서의 추방은 곧 죽음입니다. 그러므로 '추방'은 사형의 허울좋은 이름이지요. 사형을 '추방'이라고 부르는 것은 금도끼로 이 목을 치고, 나를 죽인 솜씨에 빙그레 웃는 격입니다.

신 부 이런, 무서운 죄받을 소리! 이런 무례한 배은망덕을 보게! 너의 죄는 법으로는 마땅히 사형이지만 인자하신 영주님은 네 편을 들어 법을 굽히시고 '사형'이라는 불길한 말 대신에 '추방'이라는 말을 하셨단 말이야. 이것은 참으로 관대하신 자비야. 너는 그것에 감사해야 한다.

로미오 이것은 고문이지 자비가 아닙니다. 줄리엣이 사는 이곳이 천국입니다. 모든 고양이와 개와 생앙쥐들과 온갖 하찮은 것들도 이곳 천국에 살면서 줄리엣을 볼 수 있는데 로미오에게는 그것이 허락되지 않습니다. 썩은 살에 날아드는 파리 떼들이 로미오보다 훨씬 더 큰 가치, 더 명예로운 지위, 더 의젓한 신분을 누립니다. 그것은 줄리엣의 하얀 손 위에도 앉을 수 있고, 순진하고 순결한 처녀의 수줍음으로 위 아래 입술이 서로 닿는 것조차 죄스러워, 언제나 빨개져 있는 그 입술에서 영원의 축복을 훔치곤 합니다. 파리들에게조차 허락되는 행복을 로미오는 버리고 도망쳐야 합니다. 그래도 신부님은 추방을 사형이 아니라고 하십니까? 로미오는 그 행복을 누리지 못하고 추방됩니다. 파리들은 허락된 행복을 누릴 수 있는데 저는 거기에서 달아나야 합니다. 파리들은 자유의 몸, 저는 추방되는 몸입니다. 신부님이 배합한 독약도, 날카롭게 간 칼도, 그 밖에 아무리 비루한 방법이건 당장에 생명을 끊을 무슨 방법이 없습니까? 그래서 저를 '추방'으로 죽이시려 하십니까? 오, 신부님, 그것은 저주받은 자가 지옥에서 쓰는 말입니다. 그 말에는 울부짖는 소리가 따릅니다. 성직에 몸을 두시고, 참회를 들으시고, 죄를 용서하시며, 더구나 저의 친구라고 공언하신 신부님께서 어찌 '추방'이라는 말로 저를 난도질하십니까?

신 부 네가 돌았구나. 내 말을 좀더 들어 보아라.

로미오 아, 또 추방 말씀을 하시겠지요.

신 부 그 말을 막아낼 갑옷을──역경의 달콤한 젖인 철학을 줄까 해서 그런다. 추방당하더라도 네게 위로가 될 수 있도록.

로미오 또 '추방'입니까? 철학은 필요없습니다. 철학이 줄리엣을 만들 수 있고, 도서를 옮겨 놓을 수 있고, 영주의 선고를 뒤집을 수 있다면 또 모르지만 그렇지 않다면 그건 아무 소용 없고, 아무런 힘도 되지 않습니다.

신 부 이런, 미친 자는 귀도 없나 보구나.

로미오 똑똑한 사람들도 눈이 없는데, 미친 자가 어떻게 귀가 있겠습니까?

신 부 어디, 네 입장을 함께 의논해 보자꾸나.

로미오 신부님이 직접 당해 보지 않으시고는 말씀하실 수 없습니다. 신부님도 저처럼 젊고, 줄리엣 같은 애인하고 결혼한 지 1시간만에 티볼트를 죽이고서 저처럼 사랑에 넋을 잃은데다가, 역시 저처럼 추방돼 보십시오. 그때는 신부님도 저처럼 말하실 수가 있고, 머리칼을 쥐어뜯으면서 저처럼 이렇게 땅바닥에 나자빠져서 아직 파 놓지도 않은 무덤의 크기를 재실 수 있습니다. (무대 뒤에서 문 두드리는 소리)

신 부 일어나라. 누가 문을 두드린다. 자, 로미오, 어서 숨어라.

로미오 싫습니다. 이 비통한 신음의 입김이 안개처럼 저를 둘러쳐서

사람의 눈으로부터 가려 준다면 모르지만. (또 문 두드리는 소리)

신 부 저것 봐라, 저렇게 문을 두드리고 있다――저, 누구시오―― 자, 로미오, 일어나라. 붙잡히겠다――잠깐 기다리시오! 어서 일어 나라니까. 허, 이런 어리석게도!――예, 갑니다. 가요! (그래도 계속 문드리는 소리) 누가 이렇게 요란스레 문을 두드리시오? 어디서 무 슨 일로 오셨소?

유 모 (밖에서) 문을 열어 주세요. 들어가서 얘기하겠습니다. 줄리엣 아가씨의 심부름을 온 사람이에요.

신 부 그럼, 어서 들어오시오.

유모 등장.

유 모 아, 신부님, 말씀해 주세요. 신부님, 우리 아가씨의 서방님이 어디 계신지요? 로미오 님은 어디 계시죠?

신 부 저기 저 바닥에 엎드려 제 눈물에 취해 있소.

유 모 어머나, 아가씨와 똑같구먼! 아가씨도 꼭 저 모양인데.

신 부 슬픈 마음의 일치, 참으로 가엾은 신세들이로구나.

유 모 아가씨도 꼭 저렇게 엎드려서 울고 흐느끼고, 또 흐느끼며 울 고 야단이랍니다. 일어나세요, 일어나! 대장부답게 일어나세요. 줄 리엣을 위해서, 아가씨를 위해서 제발 일어나세요. 어쩌자고 그렇 게 엎드려서 끙끙 앓고만 있어요?

로미오 (일어나면서) 유모…….

유 모 아, 예, 알아요! 하지만 죽으면 모든 일이 다 끝장이랍니다.

로미오 줄리엣 이야기를 하셨지? 그녀는 지금 어떻게 하고 있어요?

갓 싹이 튼 우리의 행복을 그녀의 근친의 피로 얼룩지게 해 놓았으니, 나를 상습적인 살인자로 알고 있겠죠. 그녀는 어디 있어요? 잘 있나요? 내 비밀의 아내는 우리의 깨진 사랑에 대해 뭐라고 말하던가요?

유　모　아, 아가씨는 아무 말 없이 그저 울고만 있어요. 침대에 쓰러지는가 하면 벌떡 일어나서 티볼트를 부르고, 로미오를 부르고 또 다시 쓰러지곤 해요.

로미오　마치 잘 겨눈 무서운 총구에서 튀어나온 총알처럼 그를 죽였구나. 그 이름을 가진 자의 손이 그녀의 오빠를 죽였으니. 아, 말씀해 주십시오. 신부님, 내 몸의 어느 망측한 곳에 내 이름자가 들어 있는지 말씀해 주십시오. 그 밉살스런 곳을 당장 도려내 버리겠습니다. (로미오가 자기 몸을 찌르려 하자, 유모가 단도를 잡아챈다.)

신　부　이 무슨 난폭한 짓이냐! 네가 대장부냐? 겉모습은 대장부 같다만 그 눈물은 아녀자의 눈물, 이 흉포한 짓 또한 분별없는 짐승의 흥분일 뿐이다. 겉보기는 남자이다만 속은 꼴불견의 여자로구나. 인간의 모습을 하고서도 근성은 창피스런 짐승이구나. 정말이지 네가 그런 인간인 줄 몰랐다. 너는 티볼트를 죽였지? 그런데 자살을 하겠단 말이냐? 그렇게 네 저주스런 마음으로 자신을 죽여서 너를 생명으로 아는 네 아내마저도 죽이겠단 말이냐? 어쩌자고 너는 너의 탄생과 하늘과 땅을 저주하느냐? 탄생과 하늘과 땅, 이 셋이 하나로 조화되어 곧 너라는 인간이 존재하게 된 것인데 그것들을 한꺼번에 팽개치겠단 말이냐? 그렇게 네 저주스런 마음으로 자신을 죽여서 너를 생명으로 아는 네 아내마저도 죽이겠단 말이냐? 허허, 너는 너의 용모와 애정과 이성에 수치를 주고 있다. 고리대금업자

처럼 이것들을 모두 충분히 가지고 있으면서 너의 용모와 애정과
이성을 올바른 용도에는 쓰지 않는구나. 대장부의 용기에서 벗어나
면 네 훌륭한 용모도 한낱 밀랍 세공품에 지나지 않는다. 네가 소중
히 하겠다고 맹세한 사랑도 그 연인을 죽인다면 헛되이 거짓 맹세
를 한 것에 지나지 않는다. 네 용모와 애정을 꾸며 주는 네 이성도
그 둘의 지도를 그르칠 경우에는 서투른 병사의 화약통 속에 든 화
약처럼 제 자신의 어리석음으로 불이 붙어 자신을 지키는 무기로
스스로를 파멸시키는 법이다. 정신차려라, 로미오! 금방 네가 죽어
도 좋을 듯이 사랑한 줄리엣은 살아 있으니 그나마 다행한 일이 아
니냐. 티볼트는 너를 죽일 뻔했으나 오히려 네가 티볼트를 죽였으
니, 이 또한 다행한 일이다. 사형을 내려야 할 법도 네 편을 들어
추방으로 바뀌었으니 이 역시 다행한 일이다. 축복의 보따리가 네
등 위에 쏟아지고 행복의 여신도 성장을 하고 네게 추파를 던지고
있다고나 할까! 그런데도 버릇없는 계집아이처럼 너는 네 행운과
사랑을 향해 입을 삐죽거리고 있구나. 아서라, 그러다간 비참하게
죽는다. 자, 정해진 대로 어서 연인에게로 가거라. 그녀의 방에 올
라가서 위로해 줘라. 그러나 야경이 돌 때까지 있다가는 만투아로
떠날 수 없게 되니 명심해야 한다. 너는 만투아에 가서 살아라. 그
러면 우리가 때를 보아 너희들의 결혼을 공표하고, 두 집안을 화해
시켜 영주님의 용서를 얻어서 너를 부르겠다. 그때는 네가 슬픔 속
에서 떠난 것보다 20만 배나 더 기쁠 게 아니냐. 유모는 먼저 가시
오. 아가씨에게 안부 전하오. 아무튼 깊은 상심에 젖어 있으니 곧
잠이 들 테지만. 로미오는 곧 갈 것이라 전하고.

유 모 아, 밤이 새도록 여기 앉아 좋은 말씀을 듣고 싶네요. 참으로

지식이란 좋기도 해라. 도련님, 그럼 오신다고 아가씨께 전하겠어요.

로미오 그렇게 하시오, 그리고 날 꾸짖을 준비도 하고 계시라고 전해주시오.

유모 나가려고 하다가 다시 돌아선다.

유 모 저 아가씨가 도련님께 전해 드리라는 반지예요. 밤도 퍽 깊었으니 어서 서두르세요. (유모 퇴장)

로미오 이제 기분이 아주 좋아졌습니다.

신 부 자, 가 봐라. 잘 가거라. 지금부터 너는 이렇게 해야 한다. 오늘 밤 야경에 돌기 전에 떠나거나 아니면 내일 새벽에 변장을 하고 빠져나가 잠시 만투아에 가 있으면 사람을 구하여 여기서 일어난 일을 빠짐없이 알려 주마. 네 손을 이리 다오. 밤이 깊었다. 그럼 잘 가거라.

로미오 기쁨보다 더한 기쁨이 저를 부르지 않는다면 이처럼 섭섭하게 신부님과 헤어지는 것이 얼마나 슬픈 일이겠습니까? 그럼 신부님, 안녕히 계십시오. (퇴장)

제4장 캐풀릿 댁 어느 방

캐풀릿, 그의 부인, 그리고 패리스 등장.

캐풀릿 뜻밖에 너무나 불행한 일이 일어나서 딸아이와 이야기할 틈
도 없었구려. 아시다시피 그애는 제 외사촌 오빠 티볼트를 무척 사
랑했지요. 나도 물론 그렇지만. 하기야 인간은 태어나서 한 번은 죽
게 마련이지요. 밤도 꽤 깊었으니 이제 그애는 내려오지 않을 거요.
정말이지 당신께서 와 주지 않으셨다면 나는 벌써 한 시간 전에 잠
들었을 거요.

패리스 이렇게 불행한 때고 보니 청혼을 할 수도 없지요. 그럼 부인,
안녕히 주무십시오. 따님께 안부 전해 주십시오.

캐풀릿 부인 네, 그러죠. 그리고 내일 아침 딸의 마음을 떠보겠어요.
오늘 밤에는 온통 슬픔에 파묻혀 있어서요.

패리스가 나가려고 하자, 캐풀릿이 그를 다시 불러들인다.

캐풀릿 패리스 님, 난 무슨 일이 있어도 내 딸을 당신에게 드리기로
결심했소. 내 말이라면 그 아이는 뭣이고 들어줄 것이오. 그 점은
조금도 걱정하실 것 없소. 여보, 우리 자러 가기 전에 그애에게 가
서 우리 사위 패리스의 사랑을 알려 주구려. 그리고 이렇게 이야기
하오. 오는 수요일에, 가만 있자, 오늘이 무슨 요일이더라?

패리스 월요일입니다.

캐풀릿 월요일이라고! 하, 하! 그럼 수요일은 너무 이르군. 목요일로
하지. 그럼 그애에게 목요일에 이 백작님과 결혼식을 올린다고 일
러 놓으시오. 백작님 쪽은 준비가 되겠습니까? 이렇게 서둘러도 괜
찮으신지? 너무 부산스럽지 않게 몇몇 친구만 초대하겠소. 글쎄, 티
볼트가 죽은 지 얼마 되지도 않아 너무 성대하게 잔치를 벌이면 집

안에서 고인을 소홀히 한다는 비난도 있을 것이니 친구들 대여섯 정도만 청하겠소. 그것으로 그치겠소. 그런데 댁에서도 목요일이 괜찮을는지요?

패리스 그 목요일이 내일이었으면 좋겠습니다.

캐풀릿 좋소, 안녕히 가시오. 그럼 목요일로 정합시다. 여보, 당신은 자러 가기 전에 줄리엣에게 가서 결혼에 대비케 하시오. 그럼, 살펴 가시오. 여봐라, 내 방에 불을 밝혀라. 허, 밤이 이렇게 깊었으니 조금만 있으면 아침이 너무 이르다고 말하겠는걸. 그럼 안녕히 주무시오. (모두 퇴장)

제5장 캐풀릿 대 정원

로미오와 줄리엣이 2층 창문에 등장.

줄리엣 벌써 가시려고요? 날이 밝으려면 아직 멀었는데. 겁먹은 당신의 귀를 뚫고 들려온 저 소리는 종달새가 아니라 밤꾀꼬리 소리였어요. 밤꾀꼬리는 밤마다 저기 저 석류나무 가지 위에 앉아서 노래를 불러요.

로미오 그것은 아침을 알리는 종달새였소. 밤꾀꼬리가 아니었소. 저것 보시오, 심술궂은 빛줄기가 저기 저 동녘 하늘에서 구름 조각 사이로 내쏘고 있소. 밤의 촛불들도 다 타고 즐거운 아침이 안개 깊은 산마루에서 발돋움질하고 있소. 나는 여기를 떠나서 살든가, 아, 아니면 그냥 머물러 있다 죽든가 하는 수밖에 없소.

줄리엣 저기 저 빛은 아침 햇살이 아니에요. 제가 더 잘 알고 있어요. 태양이 토해내는 어떤 빛인데, 오늘 밤 당신에겐 횃불잡이가 되어 만투아로 가시는 길을 비춰 줄 거예요. 그러니 좀더 계셔 주세요. 서두르실 필요 없어요.

로미오 그렇다면 나는 잡혀도 좋고, 죽어도 좋소! 그것이 당신 뜻이라면 나는 만족하오. 저기 저 뿌연 빛도 아침의 눈이 아니라 달의 여신의 이마에서 반사하는 창백한 빛이라고 해 둡시다. 우리 머리 위 높은 하늘을 울려대는 저 소리도 종달새가 아니지요. 나도 이대로 더 있고 싶지 떠나기는 싫소. 자, 죽음이여, 오너라. 너를 기꺼이 맞이하리라. 그것이 줄리엣의 소원이란다. 어떻소, 줄리엣? 이야기나 합시다. 아직 날이 밝지 않았으니까.

줄리엣 밝았어요, 밝았어요. 떠나세요, 어서. 떠나세요! 저렇게 제멋대로 마구 지저귀는 건 종달새예요. 우리를 떼어 놓는걸요. 종달새와 징그러운 두꺼비는 서로 눈을 바꾸었다지요. 아, 그렇다면 소리까지 바꾸었으면 좋았을 것을! 저 소리는 맺어진 우리의 팔을 갈라 놓고 일어나라는 아침의 신호가 되어 당신더러 어서 떠나도록 재촉하고 있잖아요. 자, 이제 떠나세요! 점점 더 밝아와요.

로미오 날이 밝아올수록 우리의 슬픔은 점점 더 어두워지는구려.

유모 등장.

유 모 아가씨!

줄리엣 유모?

유 모 어머님께서 지금 이리로 오고 계십니다. 날이 밝았어요. 잘 살

피고 조심하세요. (유모 퇴장)

줄리엣 그럼, 창문이여, 빛을 넣어 주고 생명을 내보내다오.

로미오 잘 있어요, 잘 있어! 한 번 더 입맞춤을. 그럼, 나는 내려가겠소. (로미오, 줄사다리를 타고 내려간다.)

줄리엣 그렇게 가 버리시는 거예요, 사랑하는 당신? 날마다, 시간마다, 소식 주셔야 해요. 저에게는 1분이 며칠이나 다름없는걸요. 아, 그렇게 기다리다가는 이 다음 당신을 만날 때 나는 무척 늙어 있을지도 모르겠어요.

로미오 잘 있어요! 기회만 있으면, 줄리엣, 반드시 소식 전하겠소.

줄리엣 아, 하지만 다시 만날 수 있을까요?

로미오 물론, 나는 확신하오. 그리고 그때는 지금의 슬픔이 모두 지나간 달콤한 이야깃거리가 될 것이오.

줄리엣 아, 왜 이렇게 마음이 설렐까? 그 아래 서 계시는 당신이 꼭 무덤 속의 시체처럼 보여요. 제 눈이 약해서 그런지, 당신 안색이 창백해서 그런지.

로미오 그러고 보니 정말, 내 눈에도 당신이 그렇게 보이오. 메마른 슬픔이 우리의 피를 빨아 마신 것이오. 잘 있어요, 그럼 안녕히! (로미오 퇴장)

줄리엣 아, 운명의 여신이여, 사람들은 당신의 변덕이 심하다고 그러더군요. 그러나 그렇기로서니 성실하기로 이름난 그이와 당신이 무슨 관계가 있나요? 변덕을 부릴 테면 부려요. 운명의 여신이여, 그러면 당신도 그이를 오래 붙들어 놓지 않고 곧 돌려보내 주겠지요.

캐풀릿 부인 (문 밖에서) 줄리엣, 일어났니?

줄리엣 (줄사다리를 끌어올려 감춘다.) 누가 부를까? 어머니로구나. 아직도 안 주무셨나, 아니면 벌써 일어나셨을까? 무슨 심상찮은 일로 이렇게 찾아오셨을까?

캐풀릿 부인 등장.

캐풀릿 부인 줄리엣, 이제 좀 어떠니?

줄리엣 어머니, 몸이 좋지 않아요.

캐풀릿 부인 여지껏 오빠의 죽음을 슬퍼하고, 아니, 눈물로 무덤의 오빠를 떠오르게 할 참이냐? 설사 그럴 수 있다 하더라도 다시 살릴 수는 없다. 이제 그만 울어라. 알맞게 슬퍼하는 것은 깊은 애정의 표시이지만, 지나치게 슬퍼하는 것은 분별이 부족한 증거다.

줄리엣 그래도 실컷 울게 해 주세요. 이 쓰라린 이별의 슬픔을요.

캐풀릿 부인 네 마음은 알겠다만 그렇다고 죽은 사람이 살아나는 것도 아니잖니.

줄리엣 그 슬픔이 너무나 커서 울 수밖에 없어요.

캐풀릿 부인 그래, 너는 오빠의 죽음이 슬퍼서라기보다 오빠를 죽인 악당이 살아 있는 것이 분해서 우는 거지?

줄리엣 (혼잣말로) 악당과 로미오는 하늘과 땅 차이가 아닌가——오, 하느님. 그이를 용서해 주세요! 저도 진정으로 용서하겠어요. 하지만 그이만큼 제 마음을 슬프게 하는 사람은 없어요.

캐풀릿 부인 그 배신자, 그 살인자가 버젓이 살아 있기 때문이지.

줄리엣 그래요, 엄마. 그가 이 손이 안 닿는 곳에 살아 있기 때문이에요. 오빠의 죽음을 나 혼자서 복수했으면 좋겠어요.

캐풀릿 부인 염려 마라. 원수는 갚고 말 테니까. 그러니 그만 울어라.

추방당한 그 도망자가 살고 있는 만투아에 사람을 보내어 이상한 효력이 있는 독약을 그놈에게 먹여 곧 티볼트를 따라가게 할 참이다. 그러면 너도 만족하겠지.

줄리엣　그를 내 눈으로 볼 때까지 저는 결코 만족하지 않을 거예요——죽은 것을요——가엾게도 제 가슴은 그 사람 생각으로 가득 차 있어요. 어머니, 누구 독약을 가져갈 사람만 구하시면, 마시자마자 곧 잠들어 버릴 독약을 제가 조제하겠어요. 아, 분해라, 그 이름을 들으면서도 쫓아가서 그 살인자에게 오빠에 대한 애정의 분풀이를 한껏 해 주지 못하다니!

캐풀릿 부인　조제는 네가 하렴. 사람은 내가 구할 테니. 줄리엣, 그건 그렇고 이제 기쁜 소식을 전해 주겠다.

줄리엣　어머나, 이렇게 슬픈 때에 기쁜 소식이라니! 반가워라, 무슨 소식인데요, 어머니? 얼른 말씀해 주세요.

캐풀릿 부인　그래, 그래. 너는 참으로 좋은 아버지를 가졌어. 아버님은 네 슬픔을 덜어 주시려고 갑자기 너나 내가 생각지도 않은 기쁜 날을 택하셨단다.

줄리엣　아이 좋아라. 무슨 날인데요?

캐풀릿 부인　실은 다음 목요일 아침 일찍 그 늠름하고 젊고 고귀한 패리스 백작님이, 성 베드로 성당에서 너를 행복한 신부로 맞이하게 되었단다.

줄리엣　성 베드로 성당과 성 베드로를 두고 단언하지만, 저는 그분과 결혼하지 않겠어요! 왜 그렇게 서두르시는지 모르겠군요. 남편될 사람이 청혼도 해 오기 전에 결혼을 해야 하다니. 어머니, 제발 아버님께 여쭈어 주세요. 전 아직 결혼할 생각이 없어요. 정 하게 된다면, 분명히 말씀드리지만, 패리스보다는 차라리 어머니도 아시다시피 제가 미워하는 로미오와 결혼하겠어요. 그런 걸 다 기쁜 소식이라구요?

캐풀릿 부인 마침 아버님이 오신다. 네가 직접 말씀드리고, 네 말을 아버님이 어떻게 생각하시는지 들어 보려무나.

캐풀릿과 유모 등장.

캐풀릿 해가 떨어지면 땅에 이슬이 내리게 마련이지만, 조카가 세상을 뜨고 나니 마구 비가 쏟아지는구나. 어찌 되었느냐? 그래 네가 분수탑이란 말이냐? 여태까지 울고 있으니, 그칠 줄 모르는 소나기란 말이냐? 너의 그 작은 몸에 배와 바다와 바람을 간직하고 있구나. 네 눈을 바다라고 할까 보다. 눈물이 썰물과 밀물을 이루고 있어. 네 몸뚱이는 배, 그 짜디짠 눈물의 홍수 속에서 떠다니고 있구나. 그리고 한숨은 바람, 바람은 눈물의 파도로 사나워지고, 눈물은 바람에 흩날려서 거칠게 일고 있으니 당장에 바람이 자지 않으면 폭풍에 시달리는 네 몸뚱이는 뒤집히겠구나. 여보, 우리 결정을 이야기했소?

캐풀릿 부인 네, 했어요. 하지만 고맙기는 해도 싫답니다. 바보 같으니. 차라리 무덤하고나 결혼하라지.

캐풀릿 여보, 좀더 알아듣기 쉽게 말해 봐요. 뭐, 싫다고? 고맙지 않다고? 명예가 아니라고? 변변찮은 것이 우리가 애써서 훌륭한 신랑을 마련해 주는데도 행복하게 생각하지 않는단 말이지?

줄리엣 아버님의 수고를 명예롭게는 생각하지 않아도 고맙게는 생각해요. 싫은 것을 명예로 여길 순 없지만 싫어도 호의니까 고맙게는 생각해요.

캐풀릿 저런, 저런 궤변을 봤나. 뭐야? '명예'라느니, '고맙다'느니 했다가 또 '고맙지 않다'느니, '명예가 아니라'느니. 건방진 것 같으니! 고마워할 것도 없고 명예로워할 것도 없다. 팔다리나 다듬어서 오는 목요일에 성베드로 성당에서 패리스와 결혼할 준비나 해라. 정 싫다면 죄수를 나르는 수레에라도 싣고 갈 테다. 꺼져, 이 썩은 송장 같은 것아! 꺼져 버려, 이 말괄량이야! 이 파렴치한 낯짝아!

캐풀릿 부인 아니, 여보, 당신 미쳤어요?

줄리엣 아버님, 이렇게 무릎꿇고 빌겠어요. 부디 참으시고 제 말을 한 마디만 들어 주세요.

캐풀릿 듣기 싫다! 이 불효막심한 것 같으니! 분명히 말해 둔다——목요일에 교회로 가든가, 그것이 싫다면 다시는 내 앞에 나타나지 말아라. 변명이나 대꾸, 대답 다 소용없다. 손끝이 근질근질하군. 여보, 하느님께서 이 딸년 하나만 주신 것을 원망도 했는데, 이제 보니 하나도 너무 많아요. 이런 한심스런 딸년을 갖다니! 꼴도 보기 싫다, 못된 것 같으니.

유 모 어머나, 가엾은 아가씨! 아가씨를 그렇게 꾸짖으시면 안 됩니다.

캐풀릿 이건 뭐야, 똑똑한 체 나서서! 잘난 체하지 말고 입 닥치지 못해? 자네는 가서 수다쟁이들하고나 노닥거리게!

유 모 저는 해로운 말씀을 드리지는 않았습니다.

캐풀릿 아, 저리 가라니까!

유 모 말도 못 하나요?

캐풀릿 듣기 싫다! 누구 앞에서 뭘 중얼거리고 있어, 바보 같으니! 그런 소리는 수다쟁이한테 가서 술이나 홀짝이면서 뇌까려. 여기서는 소용없으니까.

캐풀릿 부인 당신 너무 흥분했어요.

캐풀릿 당연하잖소. 미칠 노릇이군. 밤낮 자나깨나 언제고 사시사철, 일할 때나 놀 때나, 혼자 쉴 때나 사람들 속에 끼여 있을 때나, 나는 늘 내 딸의 혼인만을 걱정해 왔소. 그런데 집안 좋고, 재산 있고, 젊고, 교양 있고, 또 사람들 말대로 지덕을 겸비하여 하나 나무랄 데 없는 사람을 신랑으로 골라 주니까 어리석게도 분에 넘치는 복인 줄도 모르고 징징 울면서 '결혼이 싫다'는 둥, '사랑할 수 없다'는 둥, '너무 어리다'는 둥, '용서해 달라'는 둥 늘어놓는단 말이야! 그래, 정 결혼하기 싫다면 그렇게 해라. 그러나 네 맘대로 나가서 살아라. 이 집에서 같이 살 수는 없다. 그러니 잘 생각해 봐라. 네가 내 딸이라면, 내가 고른 사위에게 너를 주겠다. 네가 내 자식이 아니라면, 길에 나가서 목을 매든지 빌어먹든지 죽든지 상관없다. 나는 결코 너를 위해 애쓰지 않을 것이다. 그렇고말고. 잘 생각해 봐라. 내가 한 말을 결코 취소하지 않겠다. (캐풀릿 퇴장)

줄리엣 이 슬픈 마음 속을 들여다보아 주시는 지비외 신은 저 구름 속에도 계시지 않나요? 아, 정다운 어머님, 저를 버리지 마세요. 이 결혼을 한 달만이라도, 일 주일만이라도 미루어 주세요. 그것도 안 되시겠다면 제 신방을 티볼트가 자고 있는 저 컴컴한 무덤 속에 마련해 주세요.

캐풀릿 부인 아무 말 하지 마라. 너하고 말하고 싶지 않다. 네 맘대로 하려무나. 너하고는 이제 다 끝장이니까. (캐풀릿 부인 퇴장)

줄리엣 오, 하느님! 아, 유모, 이 일을 어떻게 하지? 내 남편은 이 세
상에 살아 있고 내 맹세는 하늘에 가 있는데. 그 남편이 세상을 떠
나 하늘에 가서 돌려보내 주지 않는 한, 그 맹세가 어떻게 다시 이
세상에 되돌아올 수 있겠어? 나를 위로해 줘. 어떻게 하면 좋은지
가르쳐 줘. 아, 아, 하느님도 무정하셔라. 이렇게 연약한 저에게 이
런 짓궂은 짓을 하시다니! 유모는 어떻게 생각해? 내가 기뻐할 만
한 말을 해서 나를 좀 위로해 줘요, 유모.

유 모 예, 그래요. 로미오 님은 추방됐으니 무슨 일이 있어도 다시
아가씨를 찾으러 오지 못해요. 설사 온다 해도 남몰래 올 수밖에요.
그렇다면 사정이 이러하니까, 역시 아가씨는 백작님과 결혼하는 게
좋을 것 같아요. 참, 그 어른 잘생긴 청년이더군요. 그분과 비교하
면 로미오 같은 분은 걸레조각밖에 안 되지. 아가씨, 패리스 님의
눈은 얼마나 푸르고 싱싱하고 아름다운지 독수리 눈도 어림없지요.
정말 이 두 번째 결혼은 행복하실 거야. 첫 번째보다 훨씬 낫거든
요. 설사 그렇지 않더라도 첫 번째 남편은 돌아가셨잖아요——살아
계셔도 아가씨에게는 아무 소용없으니 이 세상에 없는 거나 마찬가
지이지요.

줄리엣 유모, 진심에서 하는 말이야?

유 모 진심이고말고요. 진심이 아니라면 천벌을 받죠.

줄리엣 그랬으면 좋겠어?

유 모 예?

줄리엣 아냐, 유모는 정말 좋은 말로 나를 위로해 주었어. 들어가서
나는 아버님의 노여움을 샀으니 참회를 하고 죄를 용서받으러 갔다
고 어머님께 말씀드려 줘.

유 모 예, 그럴게요. 잘 생각하셨어요. (유모 퇴장)

줄리엣 망할 늙은이! 아, 망측한 마귀 같은 것! 그렇게 하여 나더러 맹세를 깨뜨리게 하려고 하다니. 비할 사람이 없다고 몇천 번이나 침이 마르도록 칭찬하던 바로 그 혀로 내 남편을 욕하다니. 이 둘 가운데 어느 쪽이 더 큰 죄일까? 가 버려! 여태까지는 유모에게 일일이 의논했지만 이제부터 유모와 내 마음은 남남이야. 신부님을 찾아가서 무슨 좋은 방법이 없는지 알아보자. 길이 다 막히더라도 아직 자살할 힘만은 남아 있어. (줄리엣 퇴장)

제 4 막

제1장 로런스 신부의 본당

로런스 신부와 패리스 백작 등장.

신 부 목요일이라고 하셨지요? 시일이 매우 급하군요.

패리스 장인 캐풀릿 님이 그렇게 바라시는군요. 저 역시 그걸 뒤로 미룰만한 아무런 이유가 없고 해서요.

신 부 신부의 마음은 모른다고 하셨지요? 흔치 않은 일이군요. 걱정 이 됩니다.

패리스 티볼트의 죽음을 너무 슬퍼하고 있어서 사랑에 관한 이야기 는 별로 해 보지 못했습니다. 아름다움의 여신 비너스도 눈물의 집 에서는 웃지 않는다고 하잖습니까? 부친께서 딸이 그렇게까지 슬 픔에 잠겨 있는 것을 위험하다고 보고, 또한 홍수 같은 눈물을 멈추 게 하자는 뜻에서 현명하게도 우리의 결혼을 서두르신 겁니다. 넘 치는 눈물도 혼자 있으면 점점 더할 뿐이지만 동무가 생기면 거두 어질 것입니다. 이젠 이렇게 서두르는 까닭을 아시겠지요?

신 부 (혼자말로) 그것을 미루어야 할 까닭을 몰랐으면 좋으련만. 아, 마침 아가씨가 이곳 본당으로 오는구려.

줄리엣 등장.

패리스 이거 내 아가씨를, 아니 내 아내를 마침 잘 만났습니다.

줄리엣 혹시 제가 백작님의 아내가 될 때나 그렇게 말씀하세요.

패리스 그 '혹시'가 오는 목요일에 반드시 이루어집니다.

줄리엣 반드시 이루어질 일이라면 이루어지겠지요, 뭐.

신 부 그거 명답이군.

패리스 신부님께 고해를 하러 오셨습니까?

줄리엣 그 말씀에 대답하면 백작님께 고해하는 게 되게요?

패리스 나를 사랑하고 있다는 사실을 신부님께 숨기지 마십시오.

줄리엣 당신에게 고백하지만 저는 신부님을 사랑하고 있어요.

패리스 그럼 나를 사랑하고 있다는 것도 고백하시겠지요?

줄리엣 고백을 하더라도 면전에서 하는 것보다는 모르게 하는 편이 더욱 값질 거예요.

패리스 가엾게도 당신 얼굴은 온통 눈물로 얼룩져 있군요.

줄리엣 그렇더라도 눈물로서는 그리 큰 자랑거리가 못될 거예요. 눈물이 더럽히기 전부터 어지간히 볼품없는 얼굴이었는걸요.

패리스 그건 눈물 이상으로 당신 얼굴을 모욕하는 것이오.

줄리엣 모욕이 아니라 사실이 그래요. 그리고 그 말은 제 얼굴에 대해서 한 말이에요.

페리스 당신 얼굴은 내 것이오. 그런데 당신은 그 얼굴을 모욕했소.

줄리엣 그럴지도 모르죠, 이 얼굴은 내 것이 아니니까요——신부님 지금 시간이 있으세요? 아니면 저녁 미사 때 뵙도록 할까요?

신 부 깊은 수심에 잠겨 있구나. 지금 마침 한가하다…… 백작님, 우리는 좀 실례해야겠습니다.

패리스 물론 신부님의 일을 방해할 생각은 조금도 없습니다. 줄리엣, 목요일 아침 일찍 깨우러 가겠습니다. 그럼 그때까지 안녕히. 그리고 그때까지 이 거룩한 키스를 간직해 주시오. (패리스, 입맞춤하고 퇴장)

줄리엣 아, 문을 닫아 주세요! 닫으시거든 이리 오셔서 저와 함께 울어 주세요. 이제 희망도, 수단도, 구제하는 방법도 없어요.

신 부 아, 줄리엣, 네 슬픔은 나도 이미 알고 있다. 나도 여간 걱정이 아니지만 내 지혜로는 어찌할 도리가 없구나. 오는 목요일에 백작과 결혼해야 하는데 미룰 방도가 없단 말이지?

줄리엣 신부님이 일을 막아낼 방법을 가르쳐 주시지 못한다면, 이 이야기를 들었다고 말씀하지 마세요. 신부님의 지혜로도 저를 도와주실 수 없다면, 제 결심을 장하다고 말씀해 주세요. 그렇지 않으시면, 보세요, 신부님의 오랜 경험과 지혜로도 정당한 해결을 가져다주지 못하는 저의 어려운 문제를 이 잔인한 비수에게 결말을 지어달라겠어요. 어서 말씀해 주세요. 신부님께서 그렇게 못 하신다면 저는 차라리 죽어버리고 말겠어요.

신 부 가만 있어라, 줄리엣. 한 가닥 희망이 없는 것은 아니다. 하지만 우리가 막아낼 일이 필사적인 것인 만큼 그 실행에도 필사적인 결심이 필요하다. 패리스 백작과 결혼하느니 차라리 자살하겠다는 비장한 각오라면 이 치욕을 면하기 위해서는 죽음과도 같은 이 일을 해낼 수 있겠군.

줄리엣 아, 패리스와 결혼하느니 차라리 저더러 어느 탑의 성벽에서 뛰어내리라고 하세요. 혹은 도둑이 득시글거리는 길을 걸어가라고 말씀하세요. 아니면 뱀의 소굴에 가서 살라고 명령하세요. 으르렁거리는 곰과 함께 저를 매어 두시든지, 혹은 덜거덕거리는 송장의 뼈라든가 악취가 코를 찌르는 정강이뼈라든가 턱이 떨어져 나간 누르스름한 해골들이 잔뜩 쌓여 있는 납골당에 밤마다 찾아가서 숨어 있으라고 명령하세요. 또는 갓 만들어진 새 무덤 속에 들어가서 수의에 싸인 송장과 함께 누워 있으라고 하세요. 예전엔 이야기만 들어도 무서워서 벌벌 떨었지만 이제는 사랑하는 남편에게 지조를 지키기 위해서라면 어떤 불안이나 두려움도 느끼지 않고 해낼 거예요.

신 부 그럼, 내 말 잘 들어. 집에 돌아가서 패리스와 결혼하겠다고 말해. 내일은 수요일, 내일 밤은 혼자 자는 거야. 유모와 한방에 자선 안 돼. 이 약병을 가지고 가서 잠자리에 들거든 약을 따라 마시거라. 그러면 즉시 싸늘한 졸음이 온 핏줄에 퍼져서 여느 때 뛰던 맥박은 멈추고, 체온과 호흡도 전혀 산 사람 같지 않을 것이고, 장밋빛 입술과 볼은 바래서 허연 잿빛이 될 것이고, 죽음이 생명의 빛을 닫아 버리듯 두 눈의 창문도 닫아 버릴 게야. 온몸이 생기를 잃고 굳어서 차디찬 시체처럼 될 거야. 그렇게 위축된 가사(假死) 상태를 42시간 겪은 다음 너는 상쾌한 잠에서 깨어나듯 눈을 뜨게 돼. 그러니 목요일 아침에 신랑이 깨우러 왔을 때, 너는 죽어 있을 게야. 그러면 이 나라 풍습대로 가장 좋은 옷을 입혀서 뚜껑 없는 관에 넣어 캐풀릿 집안의 조상들이 잠들어 있는 납골당으로 메고 갈

게 아니겠니? 한편 나는 네가 깨어날 시각에 맞추어서 로미오에게
는 편지로 우리 계획을 알려서 이곳으로 오게 하여 나와 둘이서 네
가 깨어나기를 기다리고 있다가, 그 밤으로 곧 너를 로미오와 같이
만투아로 떠나게 할 생각이다. 그러면 너는 이 치욕을 벗어날 수 있
겠지. 하지만 여자의 변덕이나 불안으로 해서 막상 실행에 옮길 때
용기를 잃게 된다면 낭패를 보게 된다.

줄리엣 그 약을 주세요, 어서요! 아, 무서워한다는 말씀은 하지도 마
세요!

신 부 좋아, 그럼 가거라. 결심을 단단히 하고, 잘해야 한다. 나는 믿
을 만한 수도사 한 사람을 급히 만투아로 보내어 네 남편에게 편지
를 전하게 하마.

줄리엣 사랑이 저에게 용기를 주고, 용기가 저를 도와줄 거예요. 그
럼 신부님, 안녕히 계세요. (두 사람 퇴장)

제2장 캐풀릿 댁 한 방

캐풀릿, 캐풀릿 부인, 유모, 하인 두어 사람 등장.

캐풀릿 여기 적혀 있는 손님을 초대하도록 해라. (하인 1이 받아 들고
퇴장) 여봐라, 너는 가서 솜씨 좋은 일류 요리사를 20명 가량 불러
오너라.

하인 2 엉터리는 한 명도 불러 오지 않겠습니다, 나으리. 제 손가락
이나 빨 줄 아는가 시켜보고 데려오겠습니다.

캐풀릿 그걸로 어떻게 알 수 있단 말이냐?

하 인 제 손가락도 못 빠는 놈은 엉터리 요리사입죠. 그러니 손가락을 빨지 못하는 녀석은 불러 오지 않겠습니다.

캐풀릿 어서 가거라. (하인 2 퇴장) 이번에는 준비가 충분하지 못하겠는걸. 그런데 그애는 로런스 신부님에게 갔나?

유 모 예.

캐풀릿 음, 그분이 잘 지도해 줄지도 모르겠군. 고집쟁이 같으니.

줄리엣 등장.

유 모 저것 보세요. 아가씨가 고해를 하고 즐거운 표정으로 돌아왔습니다.

캐풀릿 웬일이냐, 이 고집쟁이야! 어디를 다녀오느냐?

줄리엣 아버님 말씀 거역한 불효의 죄를 뉘우치고 왔습니다. 로런스 신부님은 아버님 앞에서 이렇게 무릎꿇고 용서를 빌라고 말씀하셨어요. 제발 저를 용서하세요! 앞으로는 말씀대로 따르겠어요.

캐풀릿 백작께 사람을 보내어 내일 아침에라도 식을 올려야겠다고 전해라.

줄리엣 그 백작님은 로런스 신부님 본당에서 보았어요. 그래서 너무 지나치지 않게 제 마음의 애정을 보여 드렸어요.

캐풀릿 거 잘했다, 잘했어. 일어나거라. 암, 그래야지. 백작을 곧 만나봐야겠다. 여봐라, 얼른 가서 패리스 백작을 모시고 오너라. 실로 이 도시 사람들은 그 거룩한 신부님의 덕을 톡톡히 보고 있거든.

줄리엣 유모, 내 방에 같이 가서 내일 치장하는 데 필요한 장식물을 좀 골라 주지 않겠어?

캐풀릿 부인 아니, 그건 목요일에 해도 된다. 시간은 얼마든지 있으니까.

캐풀릿 같이 가 봐요, 유모. 내일은 우리 모두 성당에 가야 하니까.

(유모와 줄리엣 퇴장)

캐풀릿 부인 준비가 부족하지 않을까요. 벌써 날이 저물었는데.

캐풀릿 무슨 소리! 내가 뛰어다니면 다 순조롭게 될 테니 그리 염려 말아요. 여보, 당신은 줄리엣에게 가서 치장 준비 좀 도와 주구려. 오늘 밤은 한숨도 안 잘 생각이오. 내 걱정은 마오. 이번만은 내가 안주인 노릇을 하리다. 여봐라! 아니, 다들 나갔나? 그럼 내가 직접 백작에게 가서 내일의 준비를 하도록 해야겠군. 고집쟁이 딸이 이렇게 마음을 돌리고 보니, 내 마음이 이렇게도 후련하구나. (모두 퇴장)

제3장 줄리엣의 방

줄리엣과 유모 등장.

줄리엣 응, 그 옷이 제일 좋아. 그런데 유모, 부탁이야. 오늘 밤은 부디 나 혼자 있게 해 줘요. 유모도 알겠지만, 나는 성격이 올바르지 않아 죄를 많이 졌으니 하느님께 용서를 빌고 행복을 주십사 빌려면 많은 기도를 올려야 하거든.

캐풀릿 부인 등장.

캐풀릿 부인 그래, 바쁘냐? 좀 거들어 주련?

줄리엣 아녜요, 어머니. 내일 식에 필요한 물건은 죄다 골라 놨어요. 그러니 이젠 제발 저를 혼자 있게 놔두시고, 오늘 밤 유모는 어머니 방에 있게 하세요. 일이 워낙 갑작스러워서 어머니가 무척 바쁘실 거예요.

캐풀릿 부인 그럼, 잘 자거라. 자리에 누워서 아침 해뜰 때까지 푹 쉬어라. 너는 푹 쉬어야 하니까. (부인과 유모 퇴장)

줄리엣 안녕히 계세요! 언제 또 만나뵙게 될는지. 현기증나는 싸늘한 공포가 오싹오싹 핏줄 속을 돌고 마치 생명의 열기마저 거의 얼어 붙는 것 같구나. 엄마와 유모를 다시 불러서 위로나 받아 볼까. 유모!――아니, 유모가 지금 무슨 소용 있담? 이 무서운 장면은 나 혼자 해내야 한다. 자, 약병아. 만일 이 약이 안 들면 어떡하지? 그 때는 정말 결혼을 해야 하나? 아니야, 아니야! 그래, 그것은 이 비수가 막아 줄 거야. 비수야, 너는 거기 있거라. (비수를 꺼내 밑에 내려놓는다.) 하지만 만일 이게 독약이면 어떡하지? 신부님은 먼저 나와 로미오를 결혼시켰으니 이번 일로 불명예스런 일을 당하지 않으시려고 나를 죽일 셈으로 은밀히 조제한 독약이나 아닐까? 걱정이 되는구나. 하지만, 설마 그럴 리는 없겠지. 오늘날까지 성자로 이름난 신부님이신데. 하지만 내가 무덤 속에 누워 있을 때, 로미오 님이 날 구하러 오기 전에 눈을 뜨게 되면 어떡하지? 아이, 무서워! 무덤의 스산한 입구는 공기도 안 통한다던데, 그 무덤 속에서 그이가 미처 오기도 전에 숨이 막혀 죽지나 않을까? 아, 설사 내가 살아 있다 하더라도 죽음과 밤의 무서운 생각, 게다가 장소는 무덤이라는 말만 들어도 무서운 곳이고 몇백 년 동안 묻힌 조상의 뼈가 가득 차 있는 납골당 속인데다가, 묻힌 지 얼마 안 되는 피투성이의 티볼트가 수의에 싸여서 썩어 가고 있는 곳. 또 밤에는 일정한 시간이 되면 온갖 망령들이 모여든다는데——아아, 내가 눈을 너무 일찍 뜨게 된다면——그 악취와 땅에서 뽑힐 때의 소리만 들어도 사람이 미친다는 광인초(狂人草)의 비명 같은 소리로 눈을 뜨면, 온통 그런 두려움에 싸인 나는 결국 미쳐 버리지나 않을까? 그러고는 미친 나머지 조상들의 뼈를 가지고 놀기도 하고, 칼맞은 티볼트를 수의 속에서 끌어내기도 하게 되지나 않을까? 또 어느 훌륭한 조상의 뼈를 몽둥이삼아 절망한 내 머리통을 내 손으로 쳐부수지나 않을까? 오, 저기 좀 봐! 로미오의 칼끝에 찔린 티볼트의 망령이 로미오를 찾고 있다. 거기 있어. 티볼트, 거기 있으라니까! 로미오, 로미오, 로미오! 여기 약이 있어요. 당신을 위해서 이걸 마시겠어요. (줄리엣, 약을 마시고 커튼에 가려진 침대 위에 쓰러진다.)

제4장 캐풀릿 대 큰 방

캐풀릿 부인과 유모 등장.

캐풀릿 부인 유모, 이 열쇠를 가지고 가서 향료들을 더 가지고 와.
유 모 주방에선 대추와 마르멜로를 더 가져오라는데요.

캐풀릿 등장.

캐풀릿 자, 서둘러요, 서둘러! 두 번째 닭도 울었고, 새벽종도 쳤다구. 세시야. 이봐, 앤젤리커. 고기파이 좀 잘 만들어. 비용은 아끼지 말고.

유 모 참견 그만하시고 주무세요! 이렇게 밤샘을 하시다간 내일은 병 나시겠어요.

캐풀릿 천만에. 전에는 대수롭잖은 일에도 걸핏하면 밤샘을 했어. 그래도 아무렇지 않았지.

캐풀릿 부인 그럼요, 당신도 한창때는 여자 꽁무니깨나 쫓아다녔지요. 하지만 이제 그런 밤샘은 내가 감시할걸요! (부인, 유모와 함께 퇴장)

캐풀릿 원, 이 샘바리 좀 보게나! (하인 서너 명이 꼬챙이, 장작, 바구니 등을 들고 등장) 아니, 그게 뭐냐?

하인 1 요리사가 쓸 물건이라는데 저도 뭔지 모르겠습니다.

캐풀릿 어서 해라, 어서. (하인 1 퇴장) 여봐라, 더 잘 만든 장작을 가져오너라. 피터를 불러라, 그 녀석이 장작 있는 곳을 아니까.

하인 2 저도 머리가 있으니까 장작쯤은 찾아낼 수 있습니다. 뭐, 이 까짓 일로 피터에게까지 수고를 끼칠 건 없지요.

캐풀릿 그래, 말 잘했다. 재미있는 녀석이군. 통나무 대가리 같은 녀석 좀 보게나. (하인 2 퇴장) 이런! 벌써 날이 밝았구나. 백작이 곧 악대를 데리고 나타나겠다. 그러겠다고 했으니까. (음악 소리가 난다.) 아니, 벌써 가까이 온 모양이구나. 유모! 여보, 마누라! 어디 있어! 어디 있어, 유모! (유모 등장) 가서 줄리엣을 깨워. 그리고 옷을 갈아입혀요. 나는 가서 패리스와 이야기하고 있을 테니까. 어서 해, 어서 해! 신랑이 벌써 왔단 말이오. 어서, 서둘라니까. (두 사람 퇴장)

제5장 줄리엣의 방

유모 등장.

유 모 아가씨, 아가씨! 줄리엣 아가씨! 원, 아가씨도 잠에 취했나 봐. 염소 아가씨! 아가씨, 이런 잠꾸러기 좀 봐! 아가씨, 예쁜 새색시. 이제 그만 일어나세요. 어째 아무 말도 없담? 한푼어치라도 더 자 두자는 건가? 일 주일이라도 자 두라구. 오늘 밤 패리스 백작님은 단단히 마음먹고 아가씨를 재우지 않을 테니까. 어머나, 나 좀 보게! 한데, 참 잘도 자네. 그러나 깨워야겠어. 아가씨, 아가씨, 아가씨! 응, 백작님을 불러다가 침대에서 껴안게 할까 보다. 그러면 깜짝 놀라 일어나겠지. 안 그래요? (침대의 커튼을 젖힌다.) 아이쿠, 사람 살려요, 사람 살려! 아가씨가 죽었어요! 아니, 이게 웬일이람. 정신 깨는 술 좀 가져와요! 마님! 마님!

캐풀릿 부인 등장.

캐풀릿 부인 웬 소란이지?
유 모 아, 끔찍해라!
캐풀릿 부인 무슨 일이냐?

유 모 보세요, 저것 좀 보세요! 아, 가엾어라.

캐풀릿 부인 아이구, 아이구머니나! 내 딸아, 나의 하나밖에 없는, 내
  생명과도 같은 딸아! 다시 살아나 눈을 떠라. 안 그러면 나도 같이
  죽을 테다. 사람 살려요, 사람 살려! 어서 사람을 불러!

  캐풀릿 등장.

캐풀릿 원, 창피하게시리, 어서 줄리엣을 데리고 나와요. 신랑은 벌써
  와 있소.

유 모 아가씨가 죽었어요. 돌아가셨어요. 아, 슬퍼라! 아가씨가 죽었
  어요!

캐풀릿 부인 아, 딸애가 죽었어요!

캐풀릿 뭣이? 어디 보자. 아, 이런, 차디차구나. 피는 멈추고 손발은
  굳었구나. 입술에서 생기가 떠난 지 오래이고 아름다운 한 송이 꽃
  에 때아닌 서리가 내리듯이 이 아이 위에 죽음이 덮쳤구나.

유 모 아, 끔찍해라!

개풀릿 부인 아아, 애통해!

캐풀릿 딸을 잡아가고 나를 비탄 속에 빠뜨린 죽음이 내 혀마저도
  묶어 놓고 말을 못 하게 하는구나.

  로런스 신부, 백작, 악사들 등장.

신 부 자, 신부를 모시고 갈 준비는 다 되었습니까?

캐풀릿 다 되었으나 다시는 돌아오지 못하는 여행의 준비입니다. 오,

사위여, 결혼 전날 밤에 죽음의 신이 신부와 함께 하였네. 저것 보게, 꽃 같은 그애를 죽음이 꺾어 버렸네. 죽음의 신이 내 사위요, 내 상속자가 되었네. 죽음의 신이 내 딸을 신부로 맞이하였다네! 나도 죽어서 그놈에게 모든 것을 물려줄 참이네. 생명이고 재산이고 이제 모두 죽음의 것이네.

패리스 그토록 오랫동안 이날이 오기를 기다렸는데, 이런 광경을 보게 될 줄이야.

캐풀릿 부인 이 얼마나 저주스럽고 불행하고 망측하고 끔찍한 날인가! 흐르고 흐르는 시간의 고통 가운데 가장 비참한 이 시각! 귀엽고 가엾은 외동딸! 단 하나의 위안거리인 외동딸을 무정한 죽음이 내 눈앞에서 채어 가고 말다니!

유 모 아, 애통해라! 아, 슬프고 애통하고 비통해라! 이렇게 슬프고 애통한 날을 내 생전에 볼 줄이야. 아, 끔찍한 날! 이렇게 불행한 날이 또 있을까! 아, 애통해라, 애통해!

패리스 속고 버림받고 멸시당하고 미움받아 죽었구나! 밉살스런 죽음아, 네놈한테 속았다. 잔인무도한 네놈 때문에 신세 망쳤다. 아, 생명 같은 내 신부여! 생명 없이 죽어 있는 신부여!

캐풀릿 멸시당하고, 고통받고, 미움받고, 박해받고 죽음을 당했구나. 무정한 시간아, 하필이면 지금 와서 이 혼례식을 망쳐 놓느냐? 아, 내 딸, 내 딸아! 내 딸이 아니라, 나의 영혼아, 너는 죽었구나!── 아, 내 딸은 죽었구나. 내 딸과 함께 나의 기쁨도 묻혀 버렸구나!

신 부 제발 진정하십시오. 그렇게 원망한다고 불행이 해결되는 것은 아닙니다. 이 아름다운 따님은 하늘과 공동 소유였소. 그것을 이제는 하늘이 모두 맡아 갔으니, 따님께는 오히려 잘된 일입니다. 당신은 따님에 대한 당신 몫을 죽음으로부터 막아낼 수 없지만 하늘은 그 몫에 영원한 생명을 줄 수가 있습니다. 당신이 가장 바랐던 것은 따님이 잘되는 것이었습니다. 그것이 당신에겐 천당인 셈이니까요. 그런데 따님이 구름 위 하늘 높이 올라가는 것을 보고 미친 듯이 행동하시다니, 그것은 자식에 대한 진정한 사랑이 아닙니다. 결혼해서 오래 사는 여자가 좋은 결혼을 한 것이 아니라 결혼하여 젊어서 죽는 여자가 오히려 가장 행복한 결혼을 한 것입니다. 눈물을 씻고, 이 아름다운 시체를 로즈메리 꽃으로 꾸미십시오. 그리고 관습대로 가장 좋은 옷을 입혀 성당으로 옮기십시오. 어리석은 인정으로 슬퍼하지 않을 수 없는 일이지만 감정의 눈물은 이성의 웃음거리일 뿐입니다.

캐풀릿 잔치에 쓰자고 마련한 것들이 모두 불길한 초상에 쓰이게 되었구나. 축하의 음악은 우울한 소리로, 혼례의 잔칫상은 슬픈 장례의 연회로, 결혼 축가는 음울한 장송곡으로, 신방을 꾸미려던 꽃은 매장되는 시체를 꾸미기 위해 쓰게 되었구나. 모든 것이 정반대로 바뀌었구나!

신 부 자, 안으로 들어가십시오. 부인도 같이. 그리고 패리스 님도 들어가시오. 다들 이 아름다운 시체를 따라 무덤으로 갈 준비를 하시오. 어떤 잘못이 있었기에 하느님이 노하신 것입니다. 더 이상 하느님의 뜻을 거역해서 하느님의 노여움을 불러들여서는 안 됩니다. (모두 퇴장하고 유모만 남아서 시체 위에 로즈메리 꽃을 뿌린 다음 커튼을 닫는다. 악사들 등장한다.)

악사 1 그럼 우리는 피리를 집어 넣고 물러가도 되겠군.

유 모 여러분들, 집어 넣으세요, 집어 넣어! 보시다시피 이렇게 딱한 사정이랍니다.

피터 등장.

피 터 여러분 악사 양반들, '마음을 편하게'라는 곡을 좀 연주해 주게. 날 살려 주려거든 제발 '마음을 편하게'를 연주해 달라니까.

악사 1 '마음을 편하게'는 왜?

피 터 아, 내 마음이 '내 마음은 슬프도다'를 연주하고 있거든. 그러니까 명랑한 곡을 연주해서 날 좀 위로해 달라는 거지.

악사 1 싫소. 음악을 연주할 때가 아니라고요.

피 터 그럼, 않겠다고?

악사 1 물론.

피 터 한 대 먹여 줄까 보다.

악사 1 뭘 먹여 주겠다는 거요?

피 터 돈은 아냐. 욕이지. 이 떠돌이 악사야.

악사 1 홍, 이 머슴 녀석이!

피 터 그럼 그 머슴 녀석의 칼로 머리를 꽝 한 대 갈겨 줄까? 나는 이런 변덕스런 소리는 싫어한다구. 당신들을 도레미파로 공격해 주지. 내 말 알아듣겠어?

악사 1 우리를 도레미파로 공격하면 당신도 알겠지?

악사 2 여보, 칼은 집어 넣고 말솜씨로 해 보시지.

피 터 좋다구! 쇠칼을 치운 대신 쇠 같은 말솜씨로 갈겨 줄까 보다. 자, 사내답게 받아 봐.

쥐어짜는 슬픔에 가슴은 아프고
구슬픈 우수가 마음을 억누를 때
은(銀)소리 같은 음악은……

어째서 '은소리'이지? 어째서 '은소리 같은 음악'이냐구? 이봐, 바이올린 양반, 대답해 봐.

악사 1 그야 은이 아름다운 소리를 내니까 그렇지.

피 터 그럴 듯하군. 여보게, 바이올린 양반. 자네는 어때?

악사 2 그야 악사가 은화를 받으니까 '은소리'지.

피 터 그것도 그럴 듯해. 그럼 기러기발 양반, 자넨?

악사 3 난 모르겠는걸.

피 터 거, 미안하게 됐네. 자넨 소리꾼이지. 내가 대신 말해 주지. '은소리 같은 음악'은, 악사들이 아무리 연주를 해도 금화를 받지 못하니까 그런 거지. '은소리 같은 음악에 울적한 마음이 금방 풀어지네.' (피터 퇴장)

악사 1 이런 얄미운 녀석 봤나!

악사 2 뒈져라, 망할 자식! 자, 우리도 들어가서 문상객들이 올 때까지 기다렸다가 한잔 얻어먹기로 하세. (모두 퇴상)

제 5 막

제1장 만투아 거리

로미오 등장.

로미오 달콤한 꿈을 진실로 믿어도 좋다면, 어젯밤 꿈은 무슨 희소식
이 올 징조임에 틀림없다. 이 마음의 주인인 사랑의 신은 그 왕좌에
사뿐히 내려 앉아 오늘 진종일 여느때 없는 즐거운 기분으로 마음
설레게 하여, 두둥실 하늘로 떠오르는 것 같구나. 꿈에 줄리엣이 찾
아와서 죽은 나를 보고——죽은 사람이 무엇을 생각할 겨를이 있다
니, 이상한 꿈이기도 하지——아무튼 줄리엣이 내 입술에 입맞추어
생명을 불어 넣어 준 덕분에 나는 다시 살아나 제왕이 된 꿈이었지.
아, 사랑의 그림자만으로도 이토록 기쁨에 겨운데 참된 사랑이 이
루어진다면야 얼마나 행복할까!

로미오의 하인 밸더자가 승마화를 신은 채 등장.

로미오 베로나에서 소식이 왔구나! 어찌 되었느냐, 밸더자? 신부님의
편지는 없느냐? 아가씨는 어떻더냐? 아버님도 안녕하시고? 다시
묻는다만, 줄리엣 아씨는 어떻게 지내시더냐? 아가씨만 무사하시다
면 더 이상 걱정할 게 없다.

밸더자 네, 아가씨는 무사하시고 만사 태평입니다. 아씨 시체는 캐풀
릿 집안 묘소에 잠들어 계시고 영혼은 천사님과 함께 계십니다. 저
는 아가씨가 조상의 묘소에 깊이 묻히는 것을 보는 대로 곧 이 사
실을 주인님께 알리려고 역마(驛馬)로 급히 달려왔습니다. 이렇게
나쁜 소식을 가져온 저를 용서해 주십시오. 하지만 어떤 소식이든
빠짐없이 전하라는 주인님의 분부에 하는 수 없이……

로미오 그게 사실이냐? 그렇다면 운명의 별아, 멋대로 하려무나? 밸
더자, 내 숙소를 알지? 가서 잉크와 종이를 가져오너라. 그리고 역
마를 빌려 놓아라. 오늘 밤에 떠나야겠다.

밸더자 주인님, 제발 부탁입니다. 진정하십시오. 안색이 창백하시고
심상치 않으신데, 혹시 불행한 일이 일어나지 않을까 염려됩니다.

로미오 아냐, 네가 잘못 봤어. 상관하지 말고 어서 내가 시킨 대로 해
라. 신부님의 편지는 없단 말이지?

밸더자 예, 없습니다.

로미오 상관없다. 그럼 어서 가서 역마를 구해 놓아라, 곧 가마. (밸더
자 퇴장) 그럼 줄리엣, 오늘 밤에는 그대와 함께 잠들겠소. 자, 그 방
법을 찾아야겠는데. 오 재앙아, 너는 재빨리도 절망한 자의 머리 속
에 들어오는구나. 그래, 약장수 영감이 있었지. 이 언저리 어디에
사는가 본데 요전에 보니 누더기옷에 숭숭한 눈썹을 찌푸리고 약초
를 고르고 있었는데, 가난에 지쳐 앙상하게 뼈만 남아 참으로 비참

한 몰골이었어. 상점에는 거북이와 박제한 악어, 그 밖에 보기 흉한 생선껍질들이 매달려 있고 선반에는 빈 상자, 푸른 항아리, 갖가지 방광(膀胱), 곰팡이 핀 씨앗, 끄나풀 부스러기, 말린 장미꽃잎들이 여기저기 흩어져서 겨우 약방 꼴을 이루었다. 그 측은한 꼴을 보니 난 생각했었지. '만투아에서 독약을 파는 자는 사형이라지만, 지금 누가 독약이 필요하다면 저 가난뱅이 영감은 팔아 줄 거야'라고. 오, 그리고 보니 그런 생각을 한 것은 바로 이런 경우를 예고해 준 것이었구나. 그래, 그 가난뱅이 영감더러 독약을 꼭 팔라고 부탁해야겠다. 아마 이 집이었지. 휴일인가? 이 초라한 상점도 닫혀 있군. 여보시오, 약방 영감!

약방 영감 등장.

약방 영감 누구요, 그렇게 큰 소리로 부르는 사람은?

로미오 영감, 이리 좀 나오시오. 내 보기에 당신은 꽤 어려운 것 같은데, 자 여기 50더컷이 있소. 이 돈을 받고 독약을 좀 주시오. 먹으면 곧바로 핏줄에 퍼져 마치 불당긴 화약이 백발백중 대포 뱃속에서 맹렬히 터져나오듯이 육체에서 당장 호흡을 거두어 삶에 지친 나를 금방 쓰러뜨려 줄 독약 말이오.

약방 영감 그런 무서운 독약이 있기는 합니다만. 하지만 그걸 파는 사람은 만투아 법에 따라 사형을 당합니다.

로미오 그렇게 옹색하고 비참하게 살면서 죽기를 두려워한단 말이오? 당신의 두 볼에는 굶주림이 붙어 있고, 그 두 눈에는 가난이 덕지덕지 담겨 있으며, 등에는 모멸과 빈곤이 매달려 있소. 여보시오,

세상도, 세상의 법률도 당신 편은 아니오. 세상은 당신이 부자가 될 법률을 만들어 주지는 않소. 가난에 빠져 있으니 법을 외면하고 이 것을 받으시오.

약방 영감 그럼 받겠습니다만, 가난이 받지 내 마음이 받는 것은 아 닙니다.

로미오 나 역시 이 돈을 당신의 마음에 주는 것이 아니라 가난에 치 르는 거요.

약방 영감 이것을 좋아하시는 음료에 타서 마시십시오. 그러면 당신 은, 설사 20명을 이겨내는 장사라 할지라도 곧 생명의 줄이 끊어지 고 말 게요.

로미오 자, 돈 받으시오──인간의 영혼에는 이게 더 나쁜 독이지. 당신이 팔지 못하는 이 하찮은 독약보다도 사실 이것이 이 더러운 세상에서 더 많은 살인을 하고 있소. 그러니 독약을 판 것은 나요. 당신은 아무것도 팔지 않았소. 잘 있으시오. 음식일랑 사서 먹고 그 몸에 살 좀 붙여 보시오. (약방 영감 퇴장) 자, 독약아, 아니 강심제 야. 나와 함께 줄리엣의 무덤으로 가자! 그곳에서 너를 써야겠다. (로미오 퇴장)

제2장 로런스 신부의 본당

존 신부 등장.

존 신부 프란체스코 수도회의 로런스 신부님, 여보세요!

로런스 신부 등장.

로런스 신부 이 목소리는 바로 존 신부의 것이로구나. 만투아에서 오
셨군. 수고했소. 로미오가 기뻐합디까? 회신을 받았으면 이리 주시
오.

존 신부 사실은 맨발로 다니는 우리 종파의 형제 한 분과 함께 가려
고 찾아갔다가, 마침 시내 어느 환자를 문병하고 나온 자리에서 그
분을 만났는데, 그때 시 검역관들이 우리 두 사람이 그 전염병 환자
집에 있었는 줄 알고 문을 닫아버리는 바람에 그만 만투아 행이 늦
어지고 말았습니다.

로런스 신부 그럼 내 편지는 누가 로미오에게 전했소?

존 신부 보내지 못하고 이렇게 도로 가지고 왔습니다. 신부님께 돌려
보내고 싶어도 병이 전염될까 봐 모두들 두려워하여 아무도 시키지
못하고 제가 직접 왔습니다.

로런스 신부 이 무슨 불운이오! 그 편지는 예사로운 것이 아니라 매
우 중요한 용건이오. 소홀히 다루었다간 장차 어떤 위험한 일이 벌
어질지도 모르오. 존 신부님, 어서 가서 쇠지렛대를 하나 구해서 이
곳으로 갖다 주시오.

존 신부 예, 곧 가서 구해 오겠습니다. (존 신부 퇴장)

로런스 신부 그럼 나 혼자서 묘소에 가 봐야겠군. 3시간 안에 줄리엣
이 눈을 뜬다. 이 일을 로미오에게 알리지 못한 것을 알면 줄리엣은
나를 무척 원망할 테지! 아무튼 만투아에는 다시 편지를 보내고, 로
미오가 올 때까지 줄리엣을 본당에 두기로 하자. 가엾게도 산송장

이 되어 무덤 속에 갇혀 있다니! (로런스 신부 퇴장)

제3장 캐퓰릿 집안 묘소

패리스와 그의 시동, 횃불과 꽃다발을 들고 등장.

패리스 그 횃불을 이리 주고, 너는 저만큼 물러가 있거라. 아, 아니다, 그 불을 꺼라. 남의 눈에 띄고 싶지 않다. 너는 저기 저 주목 밑에 엎드려서 텅 빈 땅바닥에 귀를 대고 있거라. 무덤을 판 뒤라 땅이 무르고 굳지 않아 묘지를 걷는 발소리가 네 귀에 들릴 게다. 들리거든 누가 온다는 신호로 휘파람을 불어라. 그 꽃다발은 나에게 주고, 시킨 대로 해라. 자, 가 보아라.

시 동 (혼자말로) 무서워서 이런 묘지에 혼자서는 못 서 있을 것 같아. 그렇지만 어쩔 수 없지. (시동 퇴장)

패리스 꽃 같은 아가씨여, 당신의 신방에 꽃을 뿌려 드리겠소! 아, 슬퍼라 당신의 관 뚜껑은 흙과 돌이구나. 밤이면 내가 향긋한 물로 당신의 신방을 적셔 주고, 그것이 없으면 한탄(恨歎)으로 증류된 눈물을 뿌려 드리리다. 내가 당신을 위해서 해 드릴 수 있는 추호의 행사는 밤마다 당신의 무덤에 꽃을 뿌리고 눈물을 쏟는 것이오. (시동이 휘파람을 분다.) 휘파람 소리가 나는 것을 보니 누가 오는 모양이구나. 오늘 밤, 이런 데에 슬그머니 나타나서 남의 추도와 사랑의 의식을 방해하는 자가 누구일까? 아니, 횃불까지 들고? 그럼 밤의 어둠이여, 잠시 나를 좀 숨겨 다오. (패리스 물러선다.)

로미오와 밸더자가 횃불, 곡괭이, 쇠지렛대 등을 들고 등장.

로미오 그 곡괭이와 쇠지렛대를 이리 다오. 가만 있거라. 이 편지를 들고 가서 내일 아침 일찍 아버님께 꼭 전하도록 해라. 횃불은 이리 주고. 내가 엄명한다만, 네가 무엇을 듣고 보더라도 모른 체하고 내가 하는 일을 방해하지 말아라. 내가 이 죽음의 자리로 들어가는 이유는, 아가씨의 얼굴을 보기 위해서지만 실은 그녀의 손가락에서 귀한 반지를 뽑아다가 어떤 중대한 일에 쓰자는 것이다. 그러니 너는 물러가 있거라. 만일 내가 하는 일을 이상히 여기고 들어와서 엿보기만 하면, 맹세한다만, 네 녀석의 팔다리를 갈가리 찢어 이 굶주린 묘지에 흩어 놓겠다. 때마침 밤중이라 내 마음도 굶주린 호랑이나 들끓는 바다보다 더 포악해져 있으니, 그리 알아라.

밸더자 예, 저는 물러가서 말씀대로 하겠습니다.

로미오 그래야 내 충복이지. 자, 이걸 받아라. (돈지갑을 내준다.) 가서 잘 살아라. 그럼 잘 가거라.

밸더자 (혼자말로) 그렇게 말씀하셨지만 이 언저리에 숨어 있어야겠다. 안색도 걱정되고 어쩐지 이상하군. (밸더자 물러간다.)

로미오 너, 보기 싫은 대지여, 죽음을 잉태하는 모태야. 이 세상에서 제일가는 맛난 음식을 삼켰구나. 자, 네놈의 썩은 아가리를 이렇게 벌리고 (무덤 뚜껑을 열기 시작한다.) 더 많은 음식을 처넣어 주마.

패리스 (혼자말로) 저건 추방당한 건방진 몬터규로구나. 저자가 내 연인의 외사촌 오빠를 죽였지. 그 슬픔으로 아름다운 줄리엣도 죽었는데 저 녀석이 시체에까지 모욕을 주려고 여기에 나타났구나. 저 녀석을 붙잡아야지. (앞으로 나선다.) 너 이 몬터규 녀석아, 그런 못된 짓을 하지 마라! 그녀를 죽이고도 모자라 시체에까지 복수를 하겠다는 거냐? 이 죄받을 녀석아, 너를 체포하겠다. 순순히 따라오너라. 너는 마땅히 죽어야 한다.

로미오 사실이오. 나는 죽어야 하오. 그래서 여기 온 것이오. 이보시오, 젊은 분. 당신도 신사니까 절망한 인간을 건드리지 말고 여기를 떠나 나를 혼자 있게 해 주시오. 이 시체처럼 되지 않으려거든 두려운 줄 아시오. 이보시오, 제발 나를 성나게 하여 내 머리 위에 또 하나의 죄를 이지 않게 해 주시오. 아, 어서 가시오! 정말이지 나는 당신을 내 몸보다 더 아끼오. 나는 나 자신을 죽이려고 온 것이니까요. 꾸물거리지 말고 어서 가시오. 살아남은 뒤에, 미치광이 덕분에 죽음을 모면했다고 말하시오.

패리스 그 따위 부탁을 누가 들어줄 줄 알고? 너를 중죄인으로 곧 체포하겠다!

로미오 기어이 내 울분을 터뜨려 놓겠단 말이냐? 그럼 간다, 받아라! (둘이 싸운다.)

시 동 아이구, 싸움이 벌어졌구나! 야경을 불러야겠다. (시동, 달음질쳐 나간다.)

패리스 아, 찔렸다. (쓰러진다.) 당신에게 조그만 자비라도 있거든 무덤을 열고 나를 줄리엣 곁에 묻어 주시오. (죽는다.)

로미오 그래 주마. 그런데 어디 얼굴이나 좀 보자. 아니 이건 머큐시오 집안의 귀족, 패리스 백작이 아니냐? 말을 타고 오는 길에 마음이 산란하여 귀담아 듣지 않았지만, 밸더자가 뭐랬더라? 패리스와 줄리엣이 결혼할 뻔했다고 한 것 같은데, 아니면 내가 그런 꿈을 꾸었나? 아니면 내가 미쳐서 줄리엣 이야기가 나오는 바람에 그렇게 착각한 것일까? 여보, 악수합시다. 당신도 나와 같이 쓰라리고 불행한 운명의 명단에 오른 사람! 내가 영광의 무덤 속에 묻어 드리지. 무덤? 아니지! 쓰러진 젊은이여, 여기는 무덤이 아니라 빛의 탑이라오. (로미오, 무덤을 연다.) 이곳에는 줄리엣이 누워 있고, 그 아름다움은 그 납골당의 빛이 찬란한 향연의 궁궐로 만들고 있소. 죽은이여, 죽기로 한 자의 손으로 묻으니 여기 고이 잠드시오. (패리스의 시체를 무덤 속에 눕힌다.) 사람은 죽기 직전에 흔히 명랑해진다는데, 임종을 지켜보는 사람들은 그것을 임종의 섬광이라고 부르지. 하지만 아, 이것을 어떻게 섬광이라 부를 수 있겠는가! 아, 나의 연인, 나의 아내여! 꿀처럼 달콤한 당신의 숨을 다 빨아먹은 죽음의 신도 당신의 아름다움을 파괴할 힘은 아직 없는 것 같소. 당신은 정복당하지 않았소. 두 입술과 볼에는 아름다움의 깃발이 아직도 빨갛게 나부끼고 있고, 죽음의 파리한 깃발은 아직 여기까지 와 있지 않소. 티볼트, 자네도 거기 피묻은 옷에 감겨 누워 있구나! 아, 자네의 청춘을 두 동강 낸 바로 이 손으로 자네의 원수인 내 자신의 청춘을 찢어 버리려 하는데, 내가 자네에게 이보다 더한 호의를 베풀 수야 없지 않겠나? 용서하게, 티볼트! 아, 사랑하는 줄리엣, 당신은 왜 아직도 이렇게 아름답소? 혹시 그 육체를 안 가진 죽음의 귀신까지 당신에게 매혹당하여 그 말라깽이 괴물이 당신을 이곳 암흑 속에 가두어 두고 정부로 삼자는 게 아닐까? 그럴지도 모르니 나는 언제까지나 당신과 함께 있기로 하겠소. 이 컴컴한 밤의 궁전을 다시는 떠나지 않겠소. 나는 당신의 시녀인 구더기들과 함께 여기 이곳에 머물겠소. 오, 나는 이곳을 영원한 안식처로 삼고 이 세상에 지친

이 육신에서 기구한 운명의 별들의 멍에를 떨쳐 버리겠소. 자, 나의 눈아, 마지막으로 보아라! 나의 팔아, 마지막으로 포옹을 해라! 오, 그리고 호흡의 문, 입술아, 정당한 키스로 도장을 찍어서 만물을 독점하는 죽음과 영원한 계약을 맺어라! 자, 쓰디쓴 길잡이, 맛없는 안내자야! 너, 절망의 수로 안내인아! 바다에 지친 너의 배를 당장 바위에 부딪쳐라! 나의 사랑하는 사람을 위해서! (독약을 마신다.) 오, 정직한 약장수 영감 그대의 약효과는 참 빠르구나. 이렇게 입맞춤하고 나는 죽는다. (쓰러진다.)

로런스 신부가 등불, 삽을 들고 등장.

신 부 성 프란체스코여, 저를 도와 빨리 가게 하소서! 오늘 밤에는 왜 이렇게 자꾸만 이 늙은이의 발이 무덤에 걸리는고! 거 누구요?
밸더자 수상한 자가 아닙니다. 신부님을 잘 알고 있는 사람입니다.
신 부 너로구나! 그런데 말해 다오. 구더기와 눈알 없는 해골들을 쓸데없이 비치고 있는 저기 저 횃불은 무엇이냐? 캐풀릿 집안의 묘소에서 타고 있는가 본데.
밸더자 그렇습니다. 신부님이 사랑하시는 우리 도련님이 저곳에 계십니다.
신 부 누구라고?
밸더자 로미오 님 말입니다.
신 부 언제부터 거기 있었느냐?
밸더자 반 시간 가량 될 겁니다.
신 부 나와 함께 저 묘소에 가 보자.

밸더자 안 돼요. 주인님은 제가 간 줄로만 알고 계십니다. 제가 만일 여기 머뭇거리고 서서 거동을 엿보기만 하면 죽이겠다고 위협하셨습니다.

신 부 그럼 여기 있거라. 혼자 가겠다. 그런데 왜 이렇게 불안할까? 꼭 무슨 끔찍한 일이라도 일어난 것 같구나.

밸더자 제가 이 주목 나무 밑에서 졸고 있는데, 그때 누가 우리 주인님하고 싸우더니, 주인님이 그분을 죽이는 것 같았습니다.

신 부 로미오! (앞으로 나온다.) 아, 아니, 이게 웬 피냐! 이 무덤의 돌 입구를 이렇게 물들이고 있는 피는? 이건 또 웬일이냐, 주인 없는 칼들이 평화의 이 안식처에 피에 젖어 굴러 있으니? (무덤 안으로 들어간다.) 로미오! 오, 창백하구나! 아, 무정한 시간. 이렇게도 비통한 짓을 한꺼번에 저질러 놓다니! 줄리엣이 깨어나는구나. (줄리엣이 눈을 뜬다.)

줄리엣 아, 고마우신 신부님. 그인 어디 있지요? 저는 제가 지금 어디 있는지 잘 알고 있어요. 여기가 그곳이죠? 저의 로미오 님은 어디 있어요? (밖에서 소리가 난다.)

신 부 아, 밖에서 무슨 소리가 난다. 자, 줄리엣, 죽음과 전염병과 부자연스러운 잠의 자리에서 나가자. 사람의 힘으로 막을 수 없는 그 어떤 커다란 힘이 우리의 계획을 망가뜨려 놓고 말았다. 자, 어서 나가자. 그대의 남편은 그대 가슴 위에 쓰러져 죽어 있고, 패리스도 죽었다. 자, 너를 수녀원에 부탁하여 맡겨야겠다. 야경꾼이 오는 모양이니, 아무 말 말고 어서 이곳을 빠져나가자. 착한 줄리엣, (다시 사람 소리) 아, 이 이상 더 망설이고 있을 수 없다.

줄리엣 신부님이나 나가세요. 저는 나가지 않겠어요. (신부 퇴장) 이게 뭐지? 사랑하는 로미오 손에 잔이 꼭 쥐어 있네. 아, 독약이구나. 이것으로 로미오는 순식간에 숨을 거둔 거야. 아, 무정한 사람! 다 마시고, 뒤따라 가지 못하게 한 방울도 남겨 놓지 않았구나. 그렇다면 당신 입술에 입맞춤하겠어. 혹시 독약이 아직도 입술에 묻어 있다면 생명의 묘약처럼 나를 죽게 해 주겠지. (입맞춤한다.) 입술이 따뜻하네…….

야경꾼 1 (무대 뒤에서) 얘, 안내해라. 어느 쪽이냐?

줄리엣 아, 사람 소리가! 얼른 해야겠구나. 아, 다행히도 단검이 있네. (로미오의 단검을 잡아 뺀다.) 이 가슴이 네 칼집이니, (자기 가슴을 찌른다.) 여기 박혀서 나를 죽게 해 다오. (로미오의 시체 위에 쓰러져 죽는다.)

야경꾼들, 패리스의 시동과 함께 등장.

시 동 여깁니다. 저렇게 횃불이 활활 타고 있잖아요.

야경꾼 1 땅바닥이 온통 피투성이구나. 묘지를 샅샅이 뒤져라! 몇 명 나가서 어떤 녀석이고 보는 대로 잡아 오너라. (야경꾼들 몇 퇴장) 여기 백작님이 칼을 맞고 죽어 있구나! 이틀 전에 묻힌 줄리엣 아씨는 갓 죽은 것처럼 아직도 따뜻하게 피를 흘리고 있고. 어서 가서 영주님께 전하여라. 캐퓰릿 댁에도 달려가서 알리고, 몬터규 댁 사람들에게도 알려라. 나머지 사람들은 이곳을 둘러봐. (몇몇 야경꾼들 퇴장) 이 비참한 시체들이 쓰러져 있는 모습은 눈앞에 보이지만, 이 불행의 진상은 자세히 조사하지 않고서는 알 도리가 없구나.

몇몇 야경꾼들이 밸더자를 데리고 등장.

야경꾼 2 이 자는 로미오의 하인인데, 묘지에서 잡았습니다.
야경꾼 1 영주님이 오실 때까지 도망가지 못하도록 붙들어 둬.

다른 야경꾼들이 로런스 신부를 데리고 등장.

야경꾼 3 이 사람은 수도사인데, 떨면서 탄식하며 울고 있습니다. 묘
지 저쪽에서 나오는 것을 붙들어서 곡괭이와 삽을 빼앗았습니다.
야경꾼 1 매우 수상하구나! 그도 잡아 둬.

영주가 시종들을 데리고 등장.

영 주 새벽부터 무슨 변이 일어났기에 아침 잠도 못 자게 이렇게 불
러내는 거냐?

캐풀릿과 그의 부인, 그 밖의 사람들 등장.

캐풀릿 대체 무슨 일로 밖에서 저렇게 떠들어대지?
캐풀릿 부인 아, 사람들이 길에서 '로미오' 하고 소리치고 있어요. 또
어떤 사람은 '줄리엣' 어떤 사람은 '패리스' 하고 불러대며 야단들이
군요. 우리 묘소 저쪽으로 달려가고 있어요.
영 주 우리 귀를 놀라게 하는 이 무서운 소란은 무엇이냐?
야경꾼1 영주님, 패리스 백작이 칼에 찔러 쓰러져 있고, 로미오도 죽

어 있습니다. 그리고 벌써 죽은 줄리엣도 막 죽임을 당한 듯 아직도 몸이 따뜻합니다.

영 주 잘 살피고 조사하여 이 참혹한 살인의 진상을 밝히도록 하여라.

야경꾼 1 여기 수도사와 살해된 로미오의 하인이 있는데, 이들은 죽은 자의 무덤을 파기 알맞은 연장을 가지고 있었습니다.

캐풀릿 아니, 이런! 여보, 이것 보오. 딸이 쓰러져 피를 흘리고 있소! 이 단검이 뭘 잘못 알았나. 아니, 저것 봐요. 칼집은 몬터규의 허리에 빈 채로 매달려 있고 칼은 엉뚱하게 우리 딸의 가슴에 박혀 있구려!

캐풀릿 부인 아아, 이 죽음의 비참한 광경을 좀 봐요! 이 늙은 것을 무덤으로 불러내는 조종 소리가 들리는 것만 같아요.

몬터규와 그 밖의 사람들 등장.

영 주 여보, 몬터규. 그대는 일찍 일어났지만 저것 보오, 당신의 외아들은 일찍 잠들어 있소.

몬터규 아아, 영주님. 간밤에 세 치기 죽었습니다. 자식의 추방을 슬퍼한 나머지 마침내 비탄에 빠져 죽고 말았습니다. 그런데 또 무슨 불행이 이 늙은이를 괴롭히려 하고 있습니까?

영 주 보면 알 거요.

몬터규 오, 이 버릇없는 녀석! 아비보다 먼저 무덤으로 뛰어가다니, 이 무슨 짓이냐?

영 주 잠시 분노의 입을 다물어 주시오. 먼저 이 의혹을 풀고 그 밑

뿌리와 원인과 내막을 밝혀 내야겠소. 그런 다음 나도 그대들과 슬픔을 함께 나누려오. 그대들의 입장에 서서 원수를 갚아 주겠소. 그러니 그때까지 불행을 잠시 인내에 맡기고 참고 있어 주시오. 그 용의자들을 이리 데려와라. (야경꾼이 로런스 신부와 밸더자를 데리고 나온다.)

신 부 아무 힘도 없는 가장 약한 제가 때와 장소가 불리한 탓으로 이 무서운 죽음의 가장 큰 혐의자가 되고 말았습니다. 당연한 책임에 대해서는 제 자신을 나무라고, 정당한 사리에 대해서는 제 자신을 위해 해명하겠습니다.

영 주 그럼 이 사건에 관해서 아는 바를 말해 보시오.

신 부 간단히 말씀드리겠습니다. 얼마 남지 않은 삶인지라 지루하게 이야기할 여유도 없습니다. 저기 죽어 있는 로미오는 줄리엣의 남편, 역시 저기 죽어 있는 줄리엣은 로미오의 성실한 아내였습니다. 두 사람의 결혼은 제가 시켰습니다. 이들이 은밀히 결혼한 날, 티볼트가 죽었습니다. 이 때아닌 살해 사건으로 결혼식을 올린 지 얼마 안 되는 로미오는 이 도시에서 추방되고, 티볼트 때문이 아니라 남편 로미오 때문에 줄리엣은 비탄에 잠겼던 것입니다. 그런데 캐풀릿 님은 따님의 슬픔을 잊게 해 주고자 패리스 백작과 약혼시켜 억지로 결혼식을 올리려 했습니다. 그래서 따님은 제게 찾아와 어쩔 줄 몰라하는 표정으로 이 두 번째 결혼을 피할 방도를 찾아 달라고 간청하고, 그렇게 되지 않으면 내 방에서 스스로 죽어 버리겠다고 했지요. 그래서 저는 평소에 익혀둔 수면제를 만들어 주었더니 뜻대로 효력이 나타나서 줄리엣은 마치 죽은 사람처럼 잠들었습니다. 한편 나는 로미오에게 편지를 보내어 간밤에 이곳으로 오게 했습니다. 이 무서운 밤에 마침 약효가 다해지기 때문에 저와 같이 줄리엣을 이 가장한 무덤에서 구해 내기로 한 것이지요. 그런데 제 편지를 들고 간 존 신부는 사고로 길이 막혀 어젯밤 그 편지를 제게 도로 가지고 왔습니다. 그래서 저는 줄리엣이 깨어나는 예정 시각에 조상의 납골당에서 줄리엣을 구해 내려고 혼자서 이곳에 달려왔습니다. 그녀를 당분간 제 본당에 숨겨 두고 로미오에게는 때를 봐서 사람을 보낼 생각이었지요. 그런데 와 보니, 줄리엣이 깨어나기 직전인데 뜻밖에도 패리스 백작과 로미오가 죽어 있지 않겠습니까. 마침 줄리엣이 깨어났기에 그녀에게 밖으로 나갈 것을 권하고, 모든 것은 다 하늘이 하는 일이니 마음을 가라앉히라고 타일렀습니다. 마침 사람 소리가 나서 저는 놀라 무덤에서 뛰어나왔는데 줄리엣은 절망한 나머지 따라나오려고 하지 않더니만 결국 스스로 목숨을 끊고 만 것 같습니다. 이것이 제가 아는 전부입니다. 그들의 결혼에 유모도 관여하였습니다. 만일 지금이라도 저에게 잘못이 있다면 어차피 얼마 남지 않은 이 목숨, 가을서릿발 같은 엄한 법으로 알맞은 처단을 내려 주십시오.

영 주 우리는 평소에 그대를 덕망 있는 신부로 알고 있던 터요. 그러면 로미오의 하인은 어디 있느냐? 네가 한 말은 없느냐?

밸더자 저는 줄리엣 아씨가 돌아가셨다는 소식을 도련님께 전해 드렸습니다. 그랬더니 도련님은 만투아에서 곧바로 말을 달려 이곳, 이 묘소로 오셨습니다. 그리고 이 편지를 아침 일찍 아버님께 전하라고 분부하시고는 무덤 속으로 들어가면서, 만약에 제가 도련님을 혼자 있게 내버려두지 않고 이곳을 떠나지 않는다면 저를 죽이겠다고 말씀하셨습니다.

영 주 그 편지를 이리 내놔라. 어디 읽어 보자. 야경꾼을 부른 백작의 시동은 어디 갔느냐? 그래, 네 주인은 이곳에서 무엇을 하고 있었느냐?

시 동 제 주인님은 아씨의 무덤에 꽃을 뿌리려고 오셨습니다. 그리고 저더러 저리 가 있으라고 하셨지요. 그래서 저는 그대로 했습니다. 그런데 누가 횃불을 들고 무덤을 열러 왔는데, 안에 있던 패리스 백작님이 대뜸 그분에게 칼을 빼셨어요. 그래서 저는 야경꾼을 부르러 달려간 것입니다.

영 주 이 편지를 보니, 두 사람의 사랑의 경위며, 줄리엣의 죽음이며, 신부의 증언이 틀림없음을 알겠구나. 또 이 편지에는 로미오가 가난한 약방 영감에게 독약을 구해 가지고 이 묘소에 와서 죽고, 줄리엣과 한 무덤에 묻히려 한 것도 자세히 씌어 있구나. 두 원수들은 어디 있소? 캐퓰릿과 몬터규는 어디 있소? 자, 서로의 증오에 대해 하늘은 어떤 벌을 내렸는가 보시오. 그대들의 기쁨인 자식들의 불화를 모르는 척하고 있다가 친척을 두 사람이나 잃고 말았소. 우리 모두가 벌을 받은 것이오.

캐퓰릿 오, 몬터규 님. 그 손을 주시오. 그 손을 딸에게 주는 결혼 선물로 삼겠습니다. 어찌 이 이상 요구하겠습니까?

몬터규 아니올시다, 더 드리리다. 나는 순금으로 따님의 상을 세우겠습니다. 베로나가 베로나의 이름으로 남아 있는 한, 진실하고 정숙한 줄리엣의 상만큼 찬양받는 상은 없을 것입니다.

캐퓰릿 그렇다면 나는 그와 똑같이 훌륭한 로미오의 상을 줄리엣의 곁에 세우겠습니다. 우리 두 집안의 반목으로 인한 가엾은 희생의 기념으로서!

영 주 서글픈 평화를 가져오는 아침이오. 태양도 슬픔에 고개를 들지 않는구려. 자, 이제 돌아가서 슬픈 이야기나 더 나눕시다. 더러는 용서하고, 더러는 벌을 주겠소. 세상에 슬픈 이야기치고 이 줄리엣과 로미오의 이야기만큼 슬픈 이야기가 또 어디 있겠소! (모두 퇴장) World Best

《로미오와 줄리엣 *Romeo and Juliet*》 바로 읽기

황정현(서울교대 교수, 문학평론가)

—영원한 사랑의 주제—

I. 작품의 구조적 이해

《로미오와 줄리엣》(1595년)은 영국의 극작가 W. 셰익스피어의 희곡 중 5막 비극이다. 이 작품의 초판은 1597년 출판되었다. 이 작품은 셰익스피어의 낭만적 비극으로 초기 작품에 속한다. 이 작품에 영향을 미친 작품으로 아서 브루크의 《로메우스와 줄리엣의 비화》(1562년)를 들 수 있다.

이 작품은 비련(悲戀)과 베로나의 몬터규 가(家)와 캐풀릿 가(家)의 양가(兩家) 갈등을 소재로 하고 있다. 남녀 주인공은 슬픈 사랑의 운명을 타고난다. 전 작품을 통하여 악의에 찬 운명은 끊임없이 그들 머리 위에 따라다닌다. 악의에 찬 운명의 구조는 다음과 같다.

첫째, 두 연인을 대립하는 양가(兩家)에 속하게 된 점
둘째, 치명적인 사고의 연속
셋째, 주변 인물들의 성격적 결함

이 작품에서 추구하고자 한 셰익스피어의 의도는 중세기의 전통적인 비극이다. 그는 이 작품에서 사랑이란 형태를 통하여 운명의 속성을 보여 주려고 한다. 즉, 주인공들은 운명에 의해서 사랑의 극치에 이른 다음, 역시 운명에 의해 파멸의 나락으로 떨어진다. 이 파멸은 주인공들 자신에 기인한 것이 아니고 운명이라는 불가항력의 작용에 의해 전개된다.

이 작품은 두 개의 구조를 가지고 있다. 하나는 이 작품이 양가(兩家)의 갈등으로 시작하여 화해로 끝나는 낭만적 거시구조(巨視構造)와 또 다른 하나는 그 거시적 구조 속의 '로미오와 줄리엣'의 사랑이 전개되는 비극적 미시구조(微視構造)가 그것이다. 예컨대, 원수의 두 가문에서 각각 숙명적으로 태어난 주인공들은 사랑함으로써 비극적 죽음을 맞이해야 하나, 이 주인공들의 죽음으로 말미암아 긴 세월을 두고 내려온 양가(兩家)의 갈등은 화해가 되고, 사회질서는 다시 회복된다. 이런 의미에서 이 작품에는 비극적 요소와 낭만적 요소가 함께 있는 것이다.

대부분의 셰익스피어 작품이 독자들에게 주는 묘미는 《로미오와 줄리엣》에서 살펴본 대로 낭만과 비극이라는 모순 관계가 동시에 내재하고 있다는 데 있다. 이 작품 역시 이런 묘미를 잘 살리고 있는 것

이다. 이 작품은 셰익스피어 극 중에서도 가장 강렬한 운명적 연애비극으로서 청년 작가였던 셰익스피어의 명성을 일시에 떨치게 한 대표작이다.

한편, 이 작품은 후세 사랑을 주제로 한 많은 문학에 영향을 주었으며, 그 밖의 예술 장르에 영향을 주었다. 예컨대 《로미오와 줄리엣》을 주제로 한 유명한 악곡으로 프랑스의 작곡가 H. 베를리오즈의 극적 교향곡 17번, 러시아의 작곡가 차이코프스키의 환상곡 서곡, 러시아의 작곡가 S. S. 프로코피예프의 발레 음악 작품 번호 64, C. 구노의 가극 등을 들 수 있다. 이러한 음악과 함께 이 작품을 즐기면 작품을 이해하는 데 훨씬 효과적이다.

2. 사랑의 조건

모든 예술의 영원한 주제는 사랑이다. 역사적으로 사랑을 주제로 하는 수많은 예술 작품들이 생산되었었고 지금도 생산되고 있지만 아직 그것에 대한 해명은 충분하지 않았으며, 앞으로 계속 이 문제는 영원히 문학 작품의 주제가 될 것이다.

여기서 사랑의 조건이 무엇인지 작품을 통해 살펴보자.

티볼트 고모부님, 원수 몬터규 집안 놈입니다. 오늘 밤의 잔치를 우롱하려고 뻔뻔스럽게 나타난 놈입니다.
캐풀릿 그 젊은 로미오냐?
티볼트 네, 바로 그 놈입니다.
캐풀릿 진정해라, 애야. 그냥 내버려둬. 점잖지 않느냐? 사실인즉 베로나에서는 저애가 자랑거리이니라. 품행이 좋고 얌전한 청년이라고 말이다. 시중의 전재산을 준다고 해도 내 집에서 저 사람을 해칠 수는 없다. 그러니 꾹 참고 못 본 체해라. 이게 내 뜻이다. 내 뜻을 존중한다면 좋은 낯을 하고 이맛살을 펴도록 해라. 이런 잔치에는 걸맞지 않은 얼굴이구나.

이 대사는 캐퓰릿 가(家)의 연회에 몰래 들어와 있는 로미오를 발견하고 티볼트와 캐퓰릿 주고받는 대화이다. 이 대화에서 짐작할 수 있듯이 줄리엣의 아버지인 캐퓰릿도 로미오의 사람됨을 높이 평가하고 있다. 다만 로미오가 원수의 집안인 몬터규 가(家)의 아들이라는 점 때문에 줄리엣의 연인으로 인정하지 않을 뿐만 아니라, 딸이 죽음을 택하더라도 용납하지 않는 것이다. 캐퓰릿에게는 딸의 사랑보다도 가문의 명예가 더 중요하다. 가문의 명예는 사회적인 것이고 딸의 사랑은 개인적인 것이다. 캐퓰릿의 입장에서 보면 사회적인 가치를 더 존중할 수밖에 없을 것이다.

이러한 현상은 오늘날에도 여전히 만연해 있다. 사랑의 결실인 결혼에는 많은 사회적, 경제적 조건들이 제시되고 이 조건들에 따라 사랑이 이루어지기도 하고, 깨어지기도 한다. 말하자면 결혼의 본질인 사랑이 여러 가지 사회적, 경제적 조건들로 인해 왜곡되는 것이나.

이런 의미에서 진정한 사랑의 조건은 무엇인가 하는 문제를 생각해 보아야 할 것이다. 그것은 무조건의 조건이라고 할 수 있을 것이다. 즉, 조건 없는 사랑을 의미한다. 중요한 것은 사랑하는 사람 그 자체이지, 그 사람을 구성하고 있는 외부적 조건은 아니다.

줄리엣 당신의 이름만이 내 원수예요. 몬터규 집안이 아니라도 당신은 당신, 대체 몬터규가 뭔가요? 손도 아니고, 발도 아니고, 팔도 얼굴도 아니고, 사람의 몸 어느 부분도 아니잖아요? 오, 다른 이름이 되어 주세요. <u>이름에 뭐가 있죠? 우리가 장미라고 부르는 꽃은 다른 이름으로 불러도 역시 향기로울 거예요.</u> 그러니 로미오 역시 로미오라 부르지 않더라도, 그 이름과는 관계없이 그리운 그 완전한 모습은 그대로 남을 거예요. 로미오, 그 이름을 버리시고 당신의 몸과는 아무 관계도 없는 그 이름 대신 이 몸을 고스란히 가지세요.

줄리엣이 로미오에게 자신들의 외부를 감싸고 있는 거짓된 가치를 벗어버리고 진정한 사랑을 회복하는 방법의 제시에 있어 밑줄 친 부분의 비유를 생각해 보자.

장미라는 이름은 장미꽃의 본질은 아니다. 이름은 다른 사물과의 구별을 위해 붙여 놓은 기호에 지나지 않는다. 그럼에도 불구하고 사람들은 본질의 기호인 이름에 얽매여 자유롭지 못하다. 로미오를 사랑할 수 없는 것은 로미오 자신에 있는 것이 아니라 로미오가 몬터규의 아들이란 명분 때문이다. "우리가 장미라고 부르는 꽃은 다른 이름으로 불러도 역시 향기로울 거예요."라는 줄리엣의 말은 사랑의 조건이 무엇인지 잘 말해 주고 있다.

3. 사랑의 의미

셰익스피어가 《로미오와 줄리엣》에서 사랑이란 주제를 통하여 말하려고 하는 것은 단순히 사랑 그 자체에 관한 문제가 아니다. 그것은 거짓된 가치에서 진정한 가치의 회복의 문제이다.

《로미오와 줄리엣》이 500년 간 인종, 종교, 문화, 시간, 공간을 초월하여 모든 사람들에게 감동을 주는 원인은 무엇인가?

만약에 이 작품이 500년 전의 로미오와 줄리엣이라는 특수한 개인 간의 사랑을 기록한 단순한 연애문학이었다면 오늘날까지 이 작품은 전해지지 않았을 것이다. 그것은 특수한 현상 뒤에 숨어 있는 진정한 사랑의 본질을 주제로 하고 있기 때문이다. 그렇다면 이 작품이 전하고자 하는 진정한 주제는 무엇인가?

> **신 부** (전략) 자연의 어머니인 대지는 자연의 무덤이기도 하고 자연의 무덤인 그 대지는 또한 자연의 모태이기도 하지. 그리고 그 모태에서 갖가지 자식들이 태어나 다정한 대지의 젖가슴에서 젖을 빤다. 그 초목 가운데에는 훌륭한 여러 가지 약효를 지닌 것이 많고 어느 것 하나 무슨 약효를 지니지 않은 것이 없으며, 그 약효 또한 모두 다르다. <u>아, 나무, 풀들, 하잘것없는 그 본질 속에는 신기하고도 강력한 약효가 들어 있으니 참으로 놀랍다.</u> 무릇 이 세상의 생물로서 아무리 해로운 것일지라도 무언가 특수한 이로움을 세상에 주지 않는 것이 없고, <u>아무리 좋은 것도 그 용도를 그르치면 본성에 어긋나 남용의 해를 면치 못하는 법!</u> 덕도 잘못 쓰면 익으로 변하고, 악도 쓰기에 따라서는 선이 될 수 있다. (후략)

로미오가 캐풀릿 가(家)의 연회에서 처음 줄리엣을 보고 성당으로 와서 신부를 찾아 고해하러 왔을 때 한 로런스 신부의 이 독백은 이미 로미오와 줄리엣의 운명을 예견하고 있으며, 그 비극적 운명의 원인을 암시하고 있다.

로런스 신부는 원수지간인 양가(兩家)의 자녀들인 로미오와 줄리엣의 사랑이 이루어지도록 적극 돕는 사람이다. 그러나 그는 이 작품에서 단순한 두 남녀의 중매자의 역할을 하고 있는 것이 아니라 진리 구현의 매개자의 역할을 하고 있다. 그는 인간의 삶의 행태(行態)를 자연의 섭리와 비교하고 있다. 자연은 선과 악의 존재에 대한 구분 없이 골고루 혜택을 준다. 존재 그 자체인 자연은 시비(是非), 진위(眞僞), 선악(善惡), 귀천(貴賤), 애증(愛憎) 등 구분 없이 스스로 있음에도 불구하고 자연의 한 존재인 인간은 그것들을 구분, 비판하여 의식 속에서 대상을 단죄한다.

몬터규 가(家)와 캐풀릿 가(家)의 원수지간은 이러한 의식의 반영이다. 그들은 서로가 옳다고 주장하고 상대를 단죄하고 상대방은 거기에 대응하는 가운데 오랜 시간이 지나가면서 그 증오는 점차 증폭된다. 인간의 이런 역기능적인 분별심은 결국 현상 뒤에 숨어 있는 본질을 보지 못하게 한다. 따라서 그들은 진정한 가치로부터 멀어지는 것이다.

"아, 나무, 풀들 하잘 것 없는 그 본질 속에는 신기하고도 강력한 약효가 들어 있으니 참으로 놀랍다."라는 대사에서 그는 현상 뒤에 숨어 있는 본질을 언급하면서 자연 속에 숨어 있는 하늘의 섭리를 통해 진리를 말하고 있다. 그것은 로미오와 줄리엣이라는 특수한 개인의 비극적 사랑은 결코 하늘의 섭리가 아니라, 추악한 인간의 아집이 순수한 인간들을 파멸로 이끌고 있는 비극임을 이야기하고 있는 것이다.

그러나 로미오와 줄리엣은 이러한 추악한 인간의 아집을 극복하고 비극적이지만 순수한 그들의 사랑을 통해 진정한 가치를 추구하고 있는 것이다.

4. 사랑의 힘

앞에서 이 작품의 구조를 통해 이미 언급하였듯이 이 작품은 두 가지의 구조를 지니고 있다. 그것은 로미오와 줄리엣을 통해 대대로 원수지간이었던 몬터규 가(家)와 캐풀릿 가(家)의 갈등을 거시구조로 원수 집안의 아들과 딸인 로미오와 줄리엣의 비극적 사랑을 미시구조로 구성되어 있다.

일반적으로는 《로미오와 줄리엣》을 두 남녀의 비극적인 사랑에 초점을 맞추어 논의를 하고 또 그렇게 알고 있지만 그것은 어디까지나 작품의 일부일 뿐, 이 작품의 구조를 통해 보면 작가가 궁극적으로 말하고자 하는 것은 아니다.

작가가 이 작품을 통해 말하고자 하는 것은 로미오와 줄리엣의 비극적 사랑이 결국은 인간의 편견과 아집을 벗겨내어 진리를 인식하게 하고 나아가 화해와 조화로 이끈다는 것이다.

집안의 강요로 패리스 백작과 결혼을 하지 않을 수 없었던 줄리엣은 로미오와의 사랑을 이루기 위해 로런스 신부의 도움으로 비약을 마시고 가사(假死) 상태에 빠진다. 이때 애통해하는 줄리엣의 아버지 캐풀릿과 패리스 백작을 향해 던지는 로런스 신부의 말은 어리석은 인간의 아집과 편견을 여지없이 비판한다.

신　부 제발 진정하십시오. 그렇게 원망한다고 불행이 해결되는 것은 아닙니다. 이 아름다운 따님은 하늘과 공동 소유였소. 그것을 이제는 하늘이 모두 맡아 갔으니, 따님께는 오히려 잘된 일입니다. 당신은 따님에

대한 당신 몫을 죽음으로부터 막아낼 수 없지만 하늘은 그 몫에 영원한
생명을 줄 수가 있습니다. (중략) 그것은 자식에 대한 진정한 사랑이 아
닙니다. 결혼해서 오래 사는 여자가 좋은 결혼을 한 것이 아니라 결혼
하여 젊어서 죽는 여자가 오히려 가장 행복한 결혼을 한 것입니다. (후
략)

줄리엣은 죽는 것이 오히려 잘 되었다든지, 죽어서 오히려 행복한
결혼을 했다고 주장하는 신부의 말은 역설적 진리이다. 이것은 지상
계의 논리를 천상계의 논리로 재해석해 내어 일상적 가치에 대한 인
식의 전환을 이끌어 낸다.

우리는 일상적으로 살아 있는 것은 행복이고 죽는 것은 불행이며,
'결혼해서 오래 사는 여자가 좋은 결혼'을 한 것이며, '결혼하여 젊어
서 죽는 여자는 나쁜 결혼'을 한 것으로 인식하고 있다. 이것은 지상
계의 논리로 세계를 인식하는 방법이다. 그러나 이것이 진리를 바탕
으로 하지 않는 이상, 진리일 수는 없다. 오히려 추하게 오래 사는 것
보다는 진리를 위해 일찍 죽는 것이 행복이며, 하루도 살기 싫어하는
사람과 백 년을 사는 것보다 하루를 살더라도 사랑하는 사람과 사는
것이 행복일 수 있다. 이것은 천상계의 논리이다. 이렇게 진리에 대한
인식은 서로 다르게 해석된다. 어느 것을 선택하느냐 하는 것은 개인
의 선택의 문제이다.

이 작품에서 줄리엣이 선택한 것은 후자(後者)이다. 그녀는 진정한
사랑을 위해 죽음조차 거부하지 않고 용감하게 뛰어든다. 이런 힘의
원천은 진리에 있다. 진리를 외면한 채 오래 사는 것은 오히려 수치이
며, 사랑을 하지 않으면서 결혼을 하는 것은 오히려 치욕이라는 것을

줄리엣은 알고 있는 것이다. 줄리엣의 이런 선택의 기준은 진리에 있다.

진리는 인간을 거짓된 가치의 질곡(桎梏)으로부터 자유롭게 한다. 거짓된 가치는 인간들의 탐욕과 이기심, 편견과 아집 등 추악한 속성으로부터 만들어진다. 그리고 이것들이 진리라고 모든 사람들에게 강요한다. 강요된 진리는 진리가 아니다. 그러나 우리는 일상 생활 속에서 삶을 영위하다 보면 이런 것을 거부할 힘이 약화될 뿐만 아니라 자신도 모르게 이에 추종할 수밖에 없는 경우가 많다. 말하자면 진리가 무엇인지 알면서도 그것을 실천하기는 쉽지 않다는 것이다.

줄리엣은 이런 모든 것으로부터의 자유를 꿈꾼다. 예컨대 두 가문 간의 적대적 행위로부터, 사랑하지 않는 사람과의 결혼으로부터, 로미오와의 사랑을 막으려는 모든 장애로부터의 자유를 꿈꾸는 것이다. 줄리엣으로 하여금 이런 자유를 꿈꾸게 하는 것이 바로 진리이다. 따라서 진정한 사랑은 바로 진리를 인식하게 하는 것이다.

이러한 진리의 힘은 개인으로 변화시키면서 나아가 가문(家門)을, 사회를, 국가를, 인류를 변화시킨다.

영 주 (전략) 두 원수들은 어디 있소? 캐풀릿과 몬터규는 어디 있소? 자, 서로의 증오에 대해 하늘은 어떤 벌을 내렸는가 보시오. 그대들의 기쁨인 자식들의 불화를 모르는 척하고 있다가 친척을 두 사람이나 잃고 말았소. 우리 모두가 벌을 받은 것이오.

캐풀릿 오, 몬터규 님. 그 손을 주시오. 그 손을 딸에게 주는 결혼 선물로 삼겠습니다. 어찌 이 이상 요구하겠습니까?

몬터규 아니올시다, 더 드리리다. 나는 순금으로 따님의 상을 세우겠습니다. 베로나가 베로나의 이름으로 남아 있는 한, 진실하고 정숙한 줄리엣의 상만큼 찬양받는 상은 없을 것입니다.

캐풀릿 그렇다면 나는 그와 똑같이 훌륭한 로미오의 상을 줄리엣의 곁에 세우겠습니다. 우리 두 집안의 반목으로 인한 가엾은 희생의 기념으로 서!

이 작품의 말미는 이렇게 끝맺는다. 줄리엣과 로미오의 진정한 사랑은 주변 사람들에게 진리를 인식하게 하고 그것을 통해 변화를 촉구한다.

진리를 거부하고 편견과 아집으로 세상을 판단하는 어리석음은 결국 유일한 아들과 딸들을 죽음으로 몰아간 결과를 낳는다. 이것을 영주는 하늘의 벌이라고 규정한다. 바꾸어 말하면 하늘의 섭리를 어긴 인간의 어리석음을 탓하는 것이다.

두 가문(家門)의 증오는 두 가문(家門)의 문제가 아니라 베로나 전체의 문제였다. 두 가문(家門)의 반목과 질서가 베로나 전체의 반목과 질서였다. 이것은 개인간의 문제가 그 사회, 국가, 민족의 문제로 확장되어 사회 질서를 교란시킨다. 로미오와 줄리엣의 진정한 사랑은 이러한 사회의 질서를 화해와 조화로 다시 회복시키고 있는 것이다. 결국 '두 집안의 반목으로 인한 가엾은 희생'은 진리를 바탕으로 베로나의 사회 질서를 하늘의 섭리에 맞게 회복시킨 것이다.

이런 관점에서 볼 때, 사랑의 힘은 궁극적으로 진리를 인식하게 하고 그것을 바탕으로 화해와 조화를 통해 사회 질서를 회복하는 것이다.

5. 마치며

셰익스피어 문학은 인류 문화 유산 가운데 가장 위대하다고 평가를 받고 있다. 그에 대한 이러한 평가는 그의 문학적 자질의 우수함을 대상으로 하고 있는 것이 아니다. 그는 희곡이라는 문학 장르를 통해 인간의 삶의 본질을 추구하고 그것을 통해 보편성을 획득하고 있다는 점에서 그러한 평가를 받고 있는 것이다.

예컨대, 그의 4대 비극인 《햄릿》, 《리어왕》, 《맥베드》, 《오셀로》 등은 한 개인의 비극을 그린 것이 아니라 주인공을 통해 모든 인간이 지니고 있는 내면의 보편적 속성을 보여줌으로써 우리로 하여금 자신을 되돌아보게 하고 있다는 것이다. 특히 그는 우리 인간이 지니고 있는 성격적 결함에 초점을 맞추어 성격적 비극을 많이 제시하고 있는데 이것들은 인간의 지혜로 극복해야 할 과제로 아직까지 많은 독자들에게 짙은 여운을 남기고 있다.

모든 셰익스피어 작품의 이러한 성격은 예외 없이 이 작품에도 적용되고 있는 것이다. 《로미오와 줄리엣》은 개인적 존재로서의 로미오와 줄리엣의 비극이 아니라 이 두 사람의 비극적 사랑을 통해 어떻게 사는 것이 올바른 삶인가를 제시하고 있는 것이다. 즉, 셰익스피어는 이 작품을 단순히 사랑을 사랑으로 다루고 있는 것이 아니라, 사랑을 통해 진리를 인식하게 하고, 그 진리를 바탕으로 인간에게 필요한 진정한 가치가 무엇인지 독자들에게 물음을 던지고 있는 것이다. 그리고 이러한 인식이 인간의 편견과 아집으로 인해 생기는 분열과 갈등의 세계를 화해와 조화의 세계로 이끄는 것이다.

셰익스피어 연보

1582년(18세) 윌리엄 셰익스피어와 앤 해서웨이와의 결혼 허가서 발행(11월 27일). 다음 날 결혼 보증인의 연서(連署)로 결혼함.

1583년(19세) 윌리엄 셰익스피어의 장녀 수잔나 출생함(5월 26일 세례).

1585년(21세) 윌리엄 셰익스피어의 쌍둥이 햄넷(장남)과 주디스(차녀)가 태어남(2월 2일 세례).

1587년(23세) 부친 존, 시 참의원직에서 제명당함. 이 무렵에 윌리엄은 런던으로 갔다는 설이 있음. 스코틀랜드의 메리 여왕이 영국 엘리자베스 여왕에 의해 처형됨(2월 8일).

1589년(25세) 《소네트 집》 대부분이 이 무렵에 완성됨.

1590년(26세) 《헨리 6세》 제2부와 제3부 초연됨.

1591년(27세) 《헨리 6세》 제1부 초연됨.

1592년(28세) 이 해 말에 역병으로 인해 런던의 극장이 폐쇄됨. 《리처드 3세》 초연함. 《실수의 희극(喜劇)》 초연함. 시집 《비너스와 아도니스》집필함.

1593년(29세) 《비너스와 아도니스》의 출판 등록을 함(4월 18일, 같은 해에 양4절판으로 출판). 《타이터스 앤드로니커스》초연함. 《말괄량이 길들이기》초연함. 《루크리스의 능욕(凌辱)》집필함.

1594년(30세) 윌리엄, '궁내대신 소속극단(Lord Chamberlain's Men)'에 주주(株主)로 참가함. 《타이터스 앤드로니커스》출판 등록(2월 6일), 같은 해 양4절판으로 출판함. 《헨리 6세》제2부 출판 등록(3월 12일) 출판함. 《루크리스의 능욕》출판 등록(5월 9일), 같은 해 양4절판으로 출판함. 《실수의 희극》을 그레이 법학원에서 상연함(12월 28일). 《베로나의 두 신사》, 《사랑의 헛수고》, 《로미오와 줄리엣》을 초연함.

1595년(31세) 윌리엄, 장남 햄닛이 죽음(8월 11일 매장). 부친 존, 문장(紋章)의 사용을 허가받음(10월 20일). 《존 왕》, 《베니스의 상인》을 초연함.

1597년(33세) 이 무렵 윌리엄은 런던 세인트 헬렌의 비섭게이트에서 거주함. 윌리엄, 스트레트퍼드에서 가장 아름답고 두 번째로 큰 저택을 윌리엄 언더힐로부터 60파운드에 구입함. 《리처드 2세》출판 등록(8월 29일), 동년 출판함(양절판). 《리처드 3세》출판 등록(10월 20일자), 동년 출판함(양과 악의 중간 4절판). 《로미오와 줄리엣》의 악4절판 출판함. 《헨리 4세》제1부와 제2부 집필함.

1598년(34세) 《헨리 4세》제1부 출판 등록(2월 5일), 같은 해 출판함. 《베니스의 상인》출판 저지 등록함(7월 22일). 윌리엄과

벤 존슨, 《10인 10색》에 출연함(10월). 《사랑의 헛수고》를
양4절판으로 출판함. 《헛소동》, 《헨리 5세》 초연함. 셰익
스피어에 관한 여러 가지 언급이 있는 프랜시스 미어스의
수기 《지식의 보고(寶庫)》가 출판됨.

1599년(35세) '궁내대신 소속극단'의 본거지인 '지구극장' 개관함.
《줄리어스 시저》 집필, 같은 해 '지구극장'에서 상연됨(9
월 21일). 《로미오와 줄리엣》을 양4절판으로 출판함. 《뜻대
로 하세요》, 《십이야(十二夜)》 초연함.

1600년(36세) 《뜻대로 하세요》 출판 보류 등록함(8월 4일). 《헛소
동》 출판 보류 등록(8월 4일), 출판 등록(8월 23일), 같은 해
양4절판으로 출판함. 《헨리 4세》 제2부 출판 등록(8월 23
일), 악4절판으로 출판함. 《한여름 밤의 꿈》 출판 등록함
(10월 8일). 《윈저의 명랑한 아낙네들》 초연함.

1601년(37세) 부친 존 사망함(9월 8일 매장). '궁내대신 소속극단', 에
섹스 백작 일당의 요청으로 왕위 찬탈극 《리처드 2세》를
'지구극장'에서 상연함(2월 7일). 에섹스 백작, 런던에서 쿠
데타를 거사하였다가(2월 8일) 실패하여 사형에 처해짐.
《십이야》를 궁정에서 상연함(1월 6일). 《햄릿》 집필함.
《트로일러스와 크레시타》 초연함.

1602년(38세) 이 무렵 크리플게이트에서 하숙. 스트레트퍼드 교외에
107에이커의 토지를 320파운드에 매입함(5월 1일). 《윈저의
명랑한 아낙네들》 출판 등록함(1월 18일), 같은 해 악4절판
으로 출판함. 《햄릿》 출판 등록함(7월 26일). 《끝이 좋으면
다 좋다》 초연함. 《헨리 6세》 제2부를 악4절판으로 출판

함.

1603년(39세) 엘리자베스 여왕 사망(3월 24일)으로 튜더 왕조가 끝
            남. 제임스 1세 즉위. 제임스 1세의 후원으로 '궁내대신 소
            속극단'은 '국왕소속극단'으로 됨(5월 19일). 《트로일러스와
            크레시타》 출판 등록함(2월 7일). 《햄릿》 악4절판 출판함.

1604년(40세) 《오셀로》 집필, 같은 해 11월 1일 궁정에서 상연함.
            《되는 대로》 집필함(1604~1605년), 같은 해 12월 26일 궁
            정에서 상연함. 《햄릿》 양4절판 출판함.

1605년(41세) '국왕소속극단', 1월 7일에는 《헨리 5세》, 2월 10일에
            는 《베니스의 상인》을 궁정에서 상연함. 윌리엄은 스트레
            트퍼드와 그 인접 지역의 10분의 1세(稅)의 권리를 440파
            운드로 매입함(7월 24일). 《리어 왕》 초연함.

1606년(42세) 무대에서 신을 모독하는 말을 쓰지 못하게 하는 포고
            령이 발표됨(5월 27일). 《맥베스》 초연함. 궁정에서 《리어
            왕》을 상연함(12월 26일). 《안토니와 클레오파트라》를 초
            연함.

1607년(43세) 《리어 왕》 출판 등록함(11월 26일). 《코리올레이너
            스》, 《아테네의 타이먼》을 초연함.

1608년(44세) 윌리엄 모친 메리 사망함(9월 9일 매장). 윌리엄, 존 애
            드브루크를 상대로 6파운드의 채권에 관해 소송을 제기하
            여 승소함. '국왕소속극단'이 옥내 극장인 '블랙프라이어스'
            를 매입했는데, 윌리엄도 8분의 1의 주주가 됨(8월 9일).
            《안토니와 클레오파트라》 출판 저지 등록함(5월 20일).
            《리어 왕》 출판함(양과 악의 중간 4절판). 《페리클레스》 초

연함.

1609년(45세) 《트로일러스와 크레시타》를 출판함(양4절판). 《소네트
집》 출판 등록함(5월 20일), 같은 해 출판함. 《페리클레스》
출판함(양4절판). 《심벨린》 초연함.

1610년(46세) 이 무렵, 윌리엄은 고향으로 돌아갔다는 설이 있음.
《겨울 이야기》 초연함.

1611년(47세) 《흠정영역성서》 출판됨. 《템페스트》 집필, 같은 해 궁
정에서 상연됨(11월 1일).

1612년(48세) 윌리엄, 벨로트 마운트조이의 소송사건에서 증인으로
출두함(5월 11일~6월 19일). 엘리자베스 왕녀의 결혼 축하
와 외국 사절들을 위해 '국왕소속극단'은 겨울부터 1613년
에 걸쳐 20회 이상의 상연을 가졌음. 《헨리 8세》 집필함
(1612~1613년).

1613년(49세) '국왕소속극단'이 '지구극장'에서 《헨리 8세》를 상연함
(6월 29일), 이날 상연 때의 축포 불꽃이 인화되어 지구극장
이 불타 버림. 지구극장 재건립에 착수함.

1614년(50세) 6월, '지구극장'을 다시 준공함. 윌리엄, 런던으로 다시
감(11월 17일).

1616년(52세) 1월 윌리엄, 유언장을 기초(?). 윌리엄, 유언장을 다시
정리 제작하여 서명함(3월 25일). 4월 23일에 윌리엄 사망
함. 4월 25일 스트레트퍼드의 홀리 트리니티 교회에 안장
됨.

1619년 토머스 파비어가 셰익스피어 전집을 출판함(《헨리 6세》 제
2·3부, 《베니스의 상인》, 《헨리 5세》, 《한여름 밤의 꿈》, 《윈저

의 명랑한 아낙네들〉, 《리어 왕》, 《페리클레스》 등이 수록됨).
W. 자가드가 불법적으로 셰익스피어의 전집을 출판하려고
시도함.

1621년 4월 《제12절판》 전집 인쇄 착수함(?). 《오셀로》 출판 등록
함(10월 6일).

1622년 《오셀로》 출판함(양4절판).

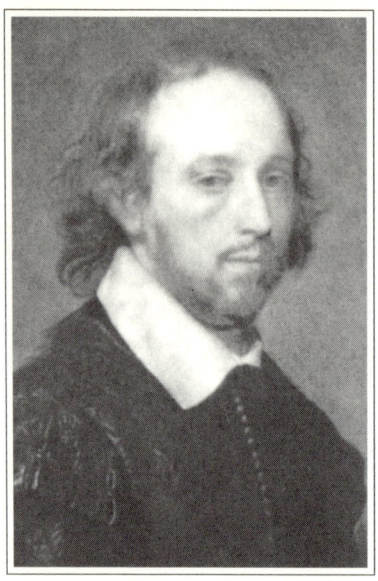

▲ 젊은 시절의 셰익스피어는 주로 희극작품을 썼음

▲ 셰익스피어의 문장(紋章)

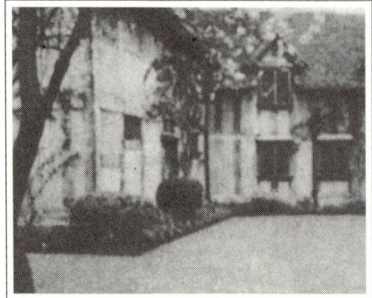

▲ 셰익스피어의 생가

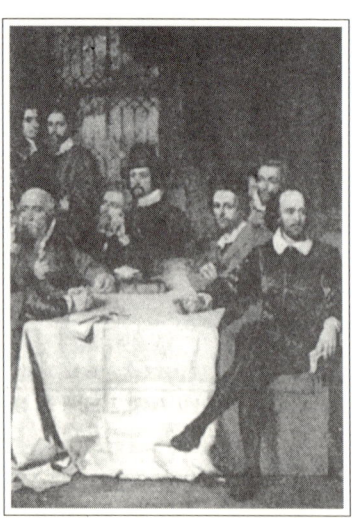

▲ 친구들과 자리를 함께한 셰익스피어

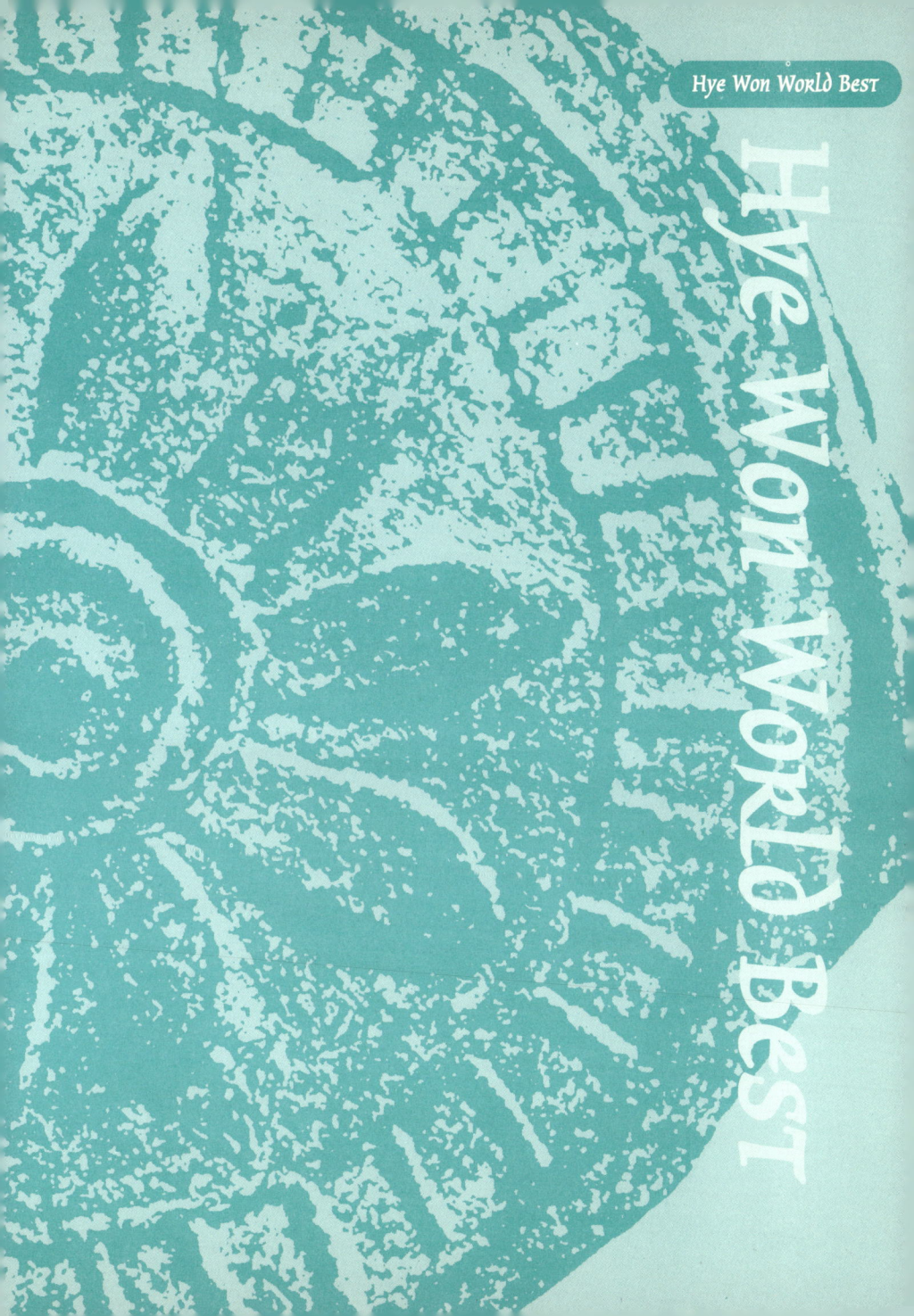

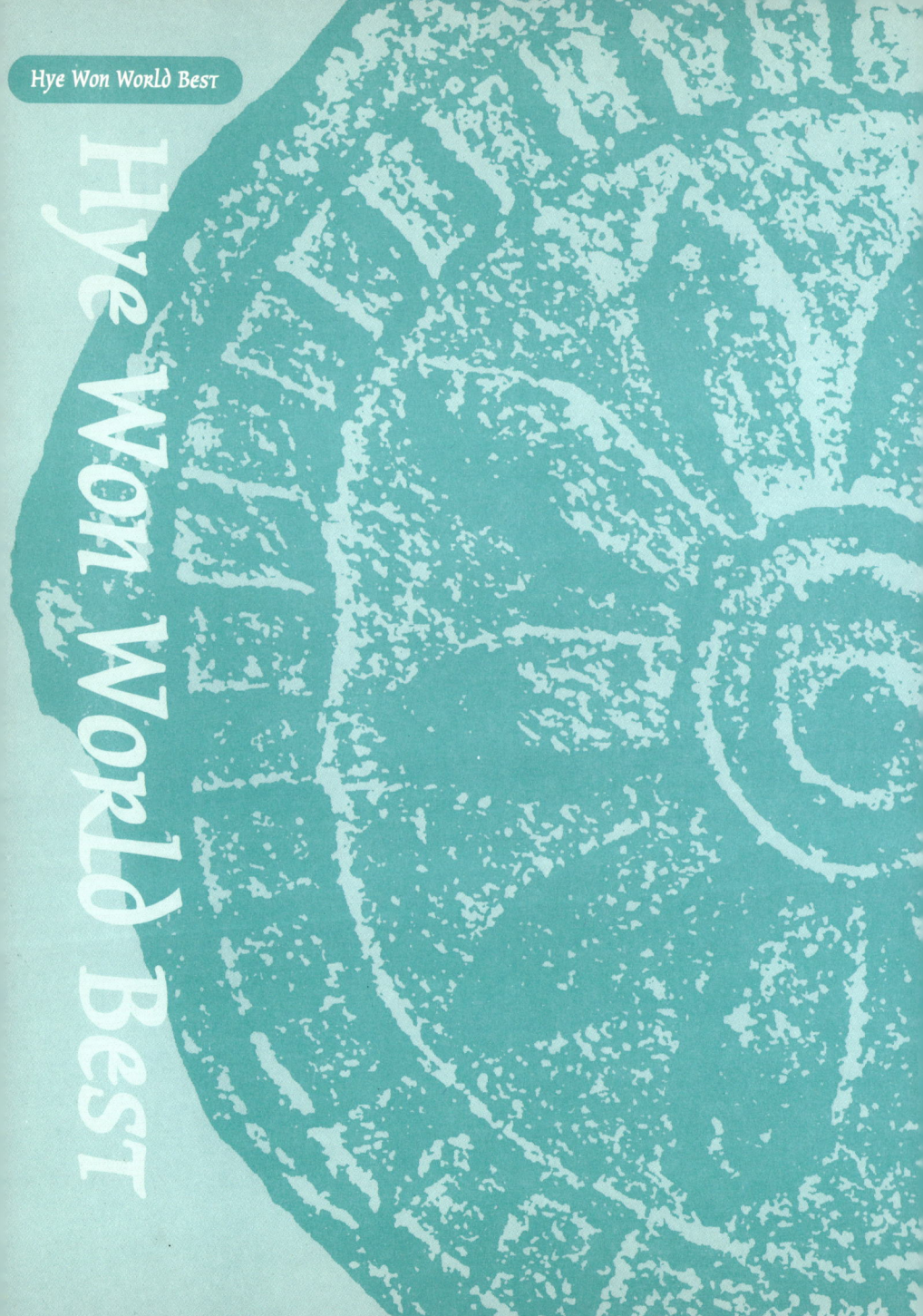

Hye Won World Best